Matthias Krause

HÖR AUF ZU RÖCHELN

MATTHIAS KRAUSE

HÖR AUF ZU RÖCHELN

Bibliografische Information der Deutschen Nationalbibliothek:

Die Deutsche Nationalbibliothek verzeichnet diese Publikation in der Deutschen Nationalbibliografie; detaillierte bibliografische Daten sind im Internet über http://dnb.dnb.de abrufbar.

© 2022 Matthias Krause

Herstellung und Verlag:
BoD – Books on Demand, Norderstedt

ISBN: 978-3-754-34472-9

1

Ich war gerade dabei ein Marzipanbrot zu absorbieren, als es an meiner Wohnungstür klingelte.
Ich war etwas irritiert, weil ich keinen Besuch erwartete. Dennoch stopfte ich mir eilig den letzten Rest vom Brot samt Schokoladensplitter hinein und öffnete die Tür.
Vor mir stand eine blonde Frau, die ich auf Ende dreißig schätzte.
»Hallo. Entschuldigung. Ich bin Hanna aus dem ersten Stock«, sagte sie und wollte mir die Hand geben, ballte sie dann aber zu einer Faust und hielt sie mir hin. Ich erwiderte den Gruß.
»Hallo. Ich bin Lorenz«, sagte ich etwas unsicher und fragte mich, ob ich gestern Abend den Fernseher zu laut eingestellt hatte.
Doch sie war aus einem ganz bestimmten Grund bei mir.
»Hättest du vielleicht zufällig Haferflocken?«
Ich hatte die Frau vorher noch nie gesehen oder ich konnte mich zumindest nicht mehr daran erinnern. Das Gebäude war schlichtweg zu groß. Viel zu viele Wohnungen und Mieter, um sich ein Gesicht zu merken.
Sie schien meine Gedanken erraten zu haben.
»Ja, alles sehr anonym hier. Wir hatten wohl noch keine Gelegenheit, uns kennenzulernen.«
»Stimmt. Aber freut mich sehr«, murmelte ich etwas träge. Auch wenn man es mir nicht ansah, war es schon mein zweites Marzipanbrot, welches ich verinnerlicht hatte.
Sie schien das misszuverstehen.
»Ich wollte wirklich nicht stören.«
Ich schüttelte inbrünstig den Kopf. »Tust du nicht. Keine Sorge. Ich hab einfach nur zu viel gegessen«, sagte ich schnell und fuhr mir demonstrativ mit der Hand über den flachen Bauch.
Sie lachte laut. »Oh ... Ach so.«
»Ich schau mal nach den Flocken.«
Ich ging in meine schmale Küche und wühlte in ein paar

Schubladen, bis ich fündig wurde.

Dann präsentierte ich Hanna die Packung.

Doch sie sah nicht so begeistert aus.

»Hast du auch die Zarten?«

»Leider nicht«, sagte ich.

Sie zog eine gequälte Grimasse. »Oh, schade. Mit denen kann ich leider nichts anfangen. Die lösen sich nämlich nicht so gut im Brei auf. Brauch ich für meine Kleine. Ich selber esse jetzt nicht so gerne Haferflocken.«

»Tja. Heute ist Sonntag. Da wirst du wohl keine mehr finden.«

Hanna zuckte mit den Schultern. »Dann werde ich noch woanders Sturm klingeln müssen. Gibt ja genug Wohnungen hier. Vielleicht sehen wir uns noch mal?«

Ich nickte und lächelte sie an. »Das könnte sein.«

In diesem Moment hörte ich hinter ihr einen piepsigen Schrei.

Hanna fuhr herum.

»Du solltest doch unten warten!«, fuhr sie das kleine, weinende Mädchen an, welches unten am Treppenabsatz stand und mit Sicherheit Hannas Tochter war.

Gleichzeitig bohrte sich ein kalter Dolch in meine Brust.

Das weinende, blonde Mädchen.

Ich sah wieder eine alte Erinnerung vor mir, die ich jahrelang verdrängt hatte.

Mehr oder weniger erfolgreich.

Denn sie kehrte fast jede Nacht als Traum zurück.

Ich durchlebte meine Tat wieder und wieder, nur dass ich in meinem Traum immer statt eines Wohnwagens Nadelbäume sah.

Eigentlich wollte ich alles hinter mir lassen.

Weswegen ich von Cuxhaven nach Berlin gezogen war, um möglichst weit entfernt von meiner Tat zu sein.

Weit weg von dem Wohnwagen im Wernerwald.

Durch meine Nachbarin und ihr Kind sah ich alles wieder stark präsent vor mir.

Das weinende, blonde Mädchen.

Ihre röchelnde Mutter.

Die weit aufgerissenen Augen, die mich ansahen.

Ihr Kind, das um Hilfe schrie.
Nur müsste das Kind jetzt erwachsen sein.
Und ihre Mutter vor meiner Wohnungstür war ja noch am
Leben.

Obwohl der Frühling im Anmarsch war, waren in Rons Arbeitszimmer die Heizungen bis zur Obergrenze aufgedreht. Ron spürte ein leichtes Kratzen im Hals. Er nahm sich vor, gleich das kleine Fenster aufzureißen. Warm wäre ihm auch ohne die Heizluft geworden. Denn er betrachtete gerade auf seinem Laptop ein neues Bild der Influencerin Pia Schaumbach. Dort präsentierte sie mit einem breiten Lächeln eine neue Hautcreme, die sie großzügig in ihrem ebenmäßigen Gesicht verteilt hatte. Auch auf diesem Bild spitzte sie keck ihre vollen Lippen. Sie war so schön. Ihre nussbraunen Augen. Das wehende blonde Haar. Ihre elfenhaften Gesichtszüge. Ihr Körper mit den weiblichen Rundungen, der zugleich sehr gestrafft und sportlich war. Kein Wunder, dass sie so viele Follower hatte.

Aber es lag ja nicht nur an ihrem gutgeformten, athletischen Körper. Anders als viele der anderen blassen und oberflächlichen Influencerinnen hatte Pia auch eine Seele, fand Ron. Sie war nicht nur eine von diesen schmackhaften Hüllen, die sich besonders untervögelte Männer spät abends reinzogen, um Hand bei sich anzulegen. Sie war eine Frau mit Haltung und Esprit.

Sie war die personifizierte Unschuld.

Ihr Lächeln mit den zauberhaften Grübchen.

Ihr verspielter Wimpernschlag.

Ron schmolz dahin. Mal wieder.

Eine wohlige Wärme durchströmte seinen Körper von oben bis unten, während sein gut gefüllter Kaffeebecher immer kälter wurde.

Er hörte Daniel unten nach ihm rufen. Sein Sohn schien bei irgendetwas seine Hilfe zu benötigen. Das musste warten. Es war 15 Uhr und sein Vater hatte Auszeit. Daniel kannte eigentlich die Regeln. Ron hatte sie oft genug mit ihm besprochen.

»Mittagspause!«, brüllte er nach unten.

Es wurde ruhig.

Ron atmete geräuschvoll aus.

Jetzt habe ich Zeit für dich.
Nur für dich.
Jetzt können wir ungestört sein.
Ron betrachtete wehmütig die zarte Pia.
Alle Bilder auf ihrem Account waren ihr gut gelungen.
Fingen sie auf in ihrer vollsten Pracht.
In jedem einzelnen Bild blühte sie erneut auf und entfaltete ihre grazile Schönheit.
Ein Video zeigte sie beim Bouldern in der sächsischen Schweiz.
An einer steilen Felswand hangelte sie sich wagemutig nach oben.
Ron folgte gebannt dem Muskelspiel ihres durchtrainierten Körpers.
Bleib in der Luft.
Stürz nicht ab, mein Engel.
Ihm gefielen fast alle Beiträge von ihr, bis auf die mit ihrem Ex-Freund Zarjo, welche sie merkwürdigerweise immer noch nicht gelöscht hatte.
Ron musste sie unbedingt daran erinnern.
Er hasste diesen Kerl.
Zarjo.
Irgendwann würde er sich um ihn kümmern.
Er war das beste Beispiel für toxische Männlichkeit.
Wie die arme Pia von ihm fertiggemacht worden war.
Weinend hatte sie in einem Live-Video bei ihren Fans Hilfe gesucht.
Dafür krieg ich dich noch, du mieses Schwein, dachte Ron.
Wieder schrie Daniel nach ihm.
»Daniel, bleib bitte ruhig. Wir haben das doch schon oft genug besprochen«, rief Ron etwas milder nach unten und widmete sich erneut seiner Passion Pia.
Oft kommunizierten die beiden miteinander. Ihre Freundschaft verfestigte sich. Er würde sich mittlerweile nicht mehr nur als Fan bezeichnen. Er hatte eine wichtige Rolle in ihrem Leben eingenommen.
Ansonsten wandte sie sich nur allgemein an ihre Fangemeinde.

Jedenfalls hatte Pia ihm das versichert.

Er war nämlich anders als die anderen Männer.

Er war nicht nur an ihrem Körper oder an ihrem Status interessiert.

Ron respektierte Pia und schätzte ihre Persönlichkeit.

Er wollte nur das Beste für sie und sie beschützen.

Pia hatte das sofort verstanden und sie dankte es ihm auf ihre unschuldige Art.

Ron war sich sicher, dass Pia sich nicht für alles und jeden hergab.

Sie war eine Influencerin mit Courage.

Ron ließ seinen Blick von Pias Gesicht auf ihren Körper gleiten.

Auf diesem Bild präsentierte sie sich sehr freizügig.

Aber es war noch okay, fand Ron.

Während seine Augen Pias Körper abtasteten, ließ er synchron seine Hand unter die Hose gleiten.

Er hatte schließlich auch Bedürfnisse.

Daniel schrie wieder. Es klang ernst. Die Stimme von Rons Frau mischte sich unter die Schreie seines achtjährigen Sohnes.

Ron zog seine Hand aus der Hose.

»Ron! Komm sofort runter. Daniel hat sich den Fuß umgeknickt!«, rief Cynthia.

Ron stöhnte.

Kinder, dachte er und machte sich seinen Gürtel zu.

Er blickte noch einmal in Pias unschuldige Augen.

Er erinnerte sich daran, wie sie mit Tränen in den Augen in einer Story die Übergriffe von einem ihrer überschwänglichen Fans geschildert hatte.

Kalte Wut stieg in ihm auf.

Er griff unter den Schreibtisch und zog seinen silbernen Teleskopschlagstock hervor.

Rutschfester Gummigriff, gehärteter Stahl.

Schon bevor Ron ihn bestellt hatte, war es Liebe auf den ersten Blick gewesen.

Er ließ ihn mit einer gleitenden Bewegung ausfahren.

Wie einen Taktstock schwang er den Stahlstab zu seinen Gedanken, als würde er ein unsichtbares Orchester dirigieren.

Keine Sorge, dachte er grimmig.

Das wird nicht noch mal passieren.

Das lasse ich nicht zu.

Ich werde dich beschützen.

Niemand wird dir mehr wehtun.

Ich werde immer für dich da sein.

Koste es, was es wolle.

Ron hörte in seinem Kopf die ersten Knochen knacken, bevor ihn seine Frau wieder rief.

»RON!«, brüllte sie nach oben.

»Ist ja gut«, brummte er und legte den Schlagstock wieder unter seinen Schreibtisch.

Er würde darauf noch zurückkommen.

Das wusste er.

Früher oder später.

Niemand wird dir mehr wehtun, mein Engel.

Ron stieg die Treppe runter.

3

»Du wolltest mir doch noch einen Kaffee spendieren«, flüsterte Sonja mir ins Ohr.
Es war fast 22 Uhr und der Supermarkt sollte demnächst schließen. Ich war gerade damit beschäftigt, im Supermarkt eingelegte Gurken ins Regal zu sortieren. Die Gläser mit dem längsten Haltbarkeitsdatum nach hinten.
»Wollte ich das?«, fragte ich unschuldig.
»Wie wäre es mit morgen? Da haben wir beide frei.«
Sonja war sehr schlank, hatte ein schönes Gesicht, welches sie gerne mit Piercings schmückte.
Fast jeden Tag färbte sie ihre Haare neu.
Heute waren sie grün.
»Morgen soll es regnen. Können wir das nicht verschieben?«
Die Bäckereien und Kaffeestuben boten durch den neuen Corona-bedingten Lockdown nur Heißgetränke zum Mitnehmen an.
Der aufkeimende Frühling bot gerade nur Nieselregen und kalte Luft. Mir wurde bei dem Gedanken schon kalt, mich mit Sonja und zwei lauwarmen Kaffeebechern an die frische Luft zu setzen.
»Wir können doch auch zu dir gehen«, sagte sie.
Ich nickte etwas unmotiviert, wusste selber allerdings nicht, warum.
Ich mochte Sonja, sie war gewitzt, meistens äußerst gut gelaunt und sie war eine liebenswerte und hübsche Kollegin.
Außerdem hingen wir beide sowieso ständig bei der Arbeit miteinander ab, wenn einer von uns Corona hätte, würden wir es beide schon längst haben. Trotzdem schien mir der Gedanke an ein Kaffeekränzchen mit ihr gerade zu anstrengend zu sein.
Warum auch immer.
Ich nickte mechanisch. Sonja seufzte neben mir.
»Dann eben nicht.«
Nun musste ich den Schaden begrenzen.
»Nein, nein. Sorry. Bin nur genervt von den Gurken. Kön-

nen wir gerne machen.«

Doch Sonja sah mich nur skeptisch an.

Ich riss vor gespielter Begeisterung meine Augen auf, bis ich befürchtete, sie würden herausfallen.

»Das ist echt eine coole Idee! Hätten wir doch schon längst mal machen sollen«, sagte ich und schenkte ihr mein berühmtes verschmitztes Lächeln.

Das reichte wohl. Sie lächelte auch und gab sich damit zufrieden.

»Ich weiß gar nicht, was du hast. Ich mag Gurken.«

»Ja, ich weiß«, murmelte ich abwesend. Ich dachte an die Maisdosen und die Gläser mit den eingelegten Würstchen, die noch folgen würden, bis meine Mission für heute erfüllt war.

Bei dem Gedanken brach mir der Schweiß aus.

Ich war immer sehr sportlich gewesen, aber in letzter Zeit ging mir sogar beim Einräumen schon die Puste aus. Auch geistig verlangte mir das Einsortieren in letzter Zeit jegliche Konzentration ab.

»Ich nehme dich beim Wort. Passt dir 15 Uhr?«, riss mich Sonja aus meinen düsteren Gedanken.

Ich nickte.

Sie knuffte mich liebevoll in die Seite.

»Unser Date steht.«

»Ja. Machen wir ein Kaffeekränzchen.«

»Wir könnten doch auch anschließend auf den Teufelsberg steigen.«

Ich war nicht so von ihrer neuen Idee begeistert. Meine Ausdauer war in letzter Zeit grenzwertig, da musste ich nicht unbedingt den Trümmerberg in Grunewald besteigen.

»Ich liebe Berge«, schwärmte sie. »Selbst wenn ich mal nicht Bouldern kann. Ich kletter gerne die ganz steilen Felswände hinauf. Aber ich will nicht in irgendeinem Verein Mitglied sein. Ich hasse das. Am liebsten boulder ich alleine und ich mag lieber die richtig hohen Berge. Hier haben wir leider kein richtiges Gebirge. Sobald ich genug Kohle zusammengekratzt habe, will ich wieder verreisen und bouldern. Kletterst du auch gerne?«

Ich verneinte entsetzt.

Doch meine athletische Kollegin ließ sich von meiner Sportmüdigkeit nicht bremsen.

»Solltest du aber. Es ist absolut geil! Für den Einstieg können wir ja auch hier einfach nur erst mal wandern gehen. Allein das ist schon ein schönes Gefühl. Es ist …«

Sie stockte, als sie mir meine Skepsis ansah.

Ich bekam schon beim Gedanken ans Bouldern regelrechte Atemnot und das lag nicht nur an meiner mangelnden Ausdauer.

Ein Freund von mir war dadurch vor einigen Jahren ums Leben gekommen.

»Du magst es lieber flach, was?«

»Ja. Wo kommst du eigentlich her?«, frage ich sie.

Sonja sah mich etwas irritiert an.

»Wie kommst du jetzt darauf?«

»Du hast so einen norddeutschen Dialekt. Ähnlich wie meiner.«

»Ich komme zwar nicht aus Cuxhaven so wie du!«, lachte sie. »Aber ich war schon oft dort Wattwandern.«

»Aber du bist doch auch aus der Ecke?«

»Eher Richtung Hamburg.«

»Wo kommst du denn jetzt her?«

»Das musst du erraten.«

»Horneburg? Otterndorf? Buxtehude?«

Ich zuckte durch meine eigenen Worte zusammen.

Entsetzt stellte ich fest, dass ich soeben den Ort genannt hatte, aus dem die sterbende Mutter stammte.

Sonja sah mich eindringlich an.

»Lorenz? Alles Okay?«

Plötzlich hörte ich, wie jemand neben mir hustete und geräuschvoll Rotze hochzog.

Einen Moment dachte ich schon, ich hätte einen Spucketropfen abbekommen.

Ich drehte mich um und sah zwei durchtrainierte Männer Anfang zwanzig, die Sporttaschen trugen.

»Ich mache heute Bizeps!«, sagte der eine junge Mann.

Er schien seinen bräunlichen Hautton ausschließlich dem Sonnenstudio zu verdanken, und hatte kurz geschorene, blonde Haare.

»Ne, ich mach Trizeps. Bizeps hatte ich gestern schon«, erwiderte der andere.

Er hatte ein sehr symmetrisches Milchgesicht mit hohen Wangenknochen und braune Haare, die nur etwas heller waren als meine eigenen. Ein Schönling, der sich mit einer auffälligen Scheitelfrisur verunstaltete.

Nicht nur die Sporttaschen und den Drang, sich zu bewegen, hatten die beiden gemeinsam.

Beide trugen keine Masken. Zumindest nicht in ihrem Gesicht.

Stattdessen baumelten sie an ihren Hälsen.

Ich fragte mich, wo die Jungs denn trainieren wollten. Die Fitnessketten hatten doch alle zu.

Die Antwort kam prompt.

»Dennis hat sich noch mehr Gewichte liefern lassen. Ich schwöre, ich trainier heute, bis es brennt!«, sagte der Blonde.

»Ich glaube, ich mache heute nur Sixpack«, sagte der andere Mann mit dem Scheitel Kaugummi schmatzend.

Ich fragte mich auch, warum die beiden durchtrainierten Jungs so eine konsequente Selbstdisziplin an den Tag legten, es wohl aber zu hart für sie war, für zehn Minuten Masken zu tragen.

»Schultern! Ganz viel Schultern!«, rief der Blonde wieder, bevor sich beide an die Kasse stellten.

»Ne, mach mal Brust, Alter!«

Der Blonde stöhnte plötzlich lustlos.

»Hab schon genug Titten. Ich muss mehr definieren.«

»Ihr blöden Wichser!«, schrie plötzlich eine schrille Frauenstimme.

Die beiden Männer fuhren synchron mit ihren Köpfen zur parallelen Kasse herum, wo zwei junge Frauen anstanden.

»Entschuldigen Sie, was haben Sie gesagt?«, fragte der Typ mit dem dunklen Scheitel die beiden Damen süßlich, die höchstwahrscheinlich im Alter der beiden Jungs waren. Auch von den Haarfarben und vom Fitness-Level her würden die beiden Mädchen gut zu ihnen passen.

Die Brünette wiederholte wütend ihre Beleidigung.
»Tragt eure Masken, ihr blöden Wichser!«
Ich fand, dass sie recht hatte, allerdings macht der Ton
die Musik und ich würde mich mit diesen beiden Hobby-
sportlern nur ungern anlegen wollen.
»Hören Sie bitte auf, uns zu beleidigen«, sagte nun auch
der Blonde formell und lächelte schief dabei.
»Dann tragt doch einfach eure Masken. Wir müssen da
doch auch alle durch!«, sagte die Blonde mit einer auffal-
lend hohen Stimme.
Der Dunkelhaarige lächelte sie süffisant an und zog die
Maske bis unter die Nase hoch.
Der Blonde ließ sie weiterhin unten und warf der brünet-
ten Dame vernichtende Blicke zu.
»Hast wohl schlechten Sex gehabt, was? Ich hab es gar
nicht nötig ein Wichser zu sein, du dumme Bitch!«, zisch-
te er.
»Lass meine Freundin in Ruhe, du sexuell frustriertes
Arschloch!«, rief nun die blonde Kundin.
Der Dunkelhaarige lachte laut auf, während sein blonder
Kumpel durch die Beleidigung zusammenzuckte.
»Pass auf, was du sagst«, knurrte er, bevor er sich einen
Proteinriegel aufs Band legte.
Neben mir stand auf einmal Per, der Security-Wachmann
vom Supermarkt und beobachtete die beiden argwöh-
nisch, doch er mischte sich nicht ein.
Ich sah ihn auffordernd an. Doch er schüttelte den Kopf.
»Ich kenne die beiden Typen. Die machen schon nichts.«
Ich fragte mich, woher er sie kannte.
Er schien mir meine Frage anzusehen.
»Max wohnt direkt über mir. Hasso besucht ihn ständig.
Manchmal schmeißen sie auch Corona-Partys. Die bei-
den nehmen das alles nicht so ernst«, sagte er ruhig.
Auch sein Dialekt war norddeutsch.
Er kam ursprünglich aus Bremerhaven.
Für eine große Stadt wie Berlin war es schon ein spannen-
der Zufall, dass wir beide und Sonja wohl ganz in der Nä-
he aufgewachsen waren.
Die beiden Frauen bezahlten und verließen kopfschüt-

telnd den Laden.

Eilig bezahlten auch die beiden jungen Männer und folgten den Damen.

Per stand immer noch ruhig neben mir. Obwohl er sehr schmal war, füllte er dank seiner beachtlichen Körpergröße fast den ganzen Raum aus.

»Lass gut sein, Lorenz. Ärger dich nicht über diese Kerle. Lass uns lieber über den Eisbecher sprechen, den du mir morgen spendieren wirst«, sagte Sonja und lächelte mich keck an.

»Oh je. Vorhin war es noch Kaffee.«

Ich sah sie mit gespielter Verzweiflung an.

»Wenn schon, denn schon.«

Ich seufzte laut. »Da geht ja mein ganzes Gehalt von heute drauf.«

»Ich werde mich zeitnah revanchieren. Du weißt bestimmt nicht mehr, was meine Lieblingseissorte war, oder?«, fragte Sonja und zog erwartungsvoll ihre hübsch geschwungenen Augenbrauen hoch.

Ich grübelte. Das war nicht mal gespielt. Ich wusste es wirklich nicht mehr.

Unser letztes Date, falls ich es überhaupt so nennen konnte, war schon über ein halbes Jahr her.

»Erdbeere war das doch, oder?«

Sie sah mich entsetzt an.

»Willst du mich verarschen?«

Jetzt tauchte eine Farbe im Dunst meiner trüben Erinnerungen auf.

Eine grünliche Masse aus Eiscreme.

»Pistazie?«, schätzte ich vorsichtig und befürchtete schon, dass Sonja mir den Kopf abriss.

Sie nickte. »Geht doch.«

»Keine Sorge. Ich werde dir einen großen Popel-Creme-Becher bestellen.«

Sonja schmiegte sich mit einem breiten Lächeln an mich.

»Oh, wie romantisch von dir.«

»Kennst mich ja.«

Unser vorerst letzter intimer Moment wurde zerstört, als ein schriller Schrei von draußen die Luft im Supermarkt zerriss.

4

Draußen auf dem stockdunklen Parkplatz vom Super-
markt peitschte Pia und Nadja der Wind gnadenlos ins
Gesicht.
Beide Frauen beschleunigten fröstelnd ihren Schritt.
»Was machst du heute noch?«, fragte Nadja ihre blonde
Freundin.
»Ich habe noch eine Menge zu tun. Die Lieferung ist heu-
te Morgen angekommen.«
»Die Bräunungscreme?«
Pia schüttelte den Kopf. »Ne, die Hautcreme.«
»Die Hautneutrale?«
»Ja, die ist für besonders empfindliche Haut. Weiß nicht,
ob die was für dich ist.«
Beide liefen an einem Obdachlosen vorbei, der zitternd
einen abgegriffenen Kaffeebecher hochhielt.
»Gib mir mal eine zum Ausprobieren.«
»Ich hab zwar nur ein begrenztes Sortiment, aber gerne.«
»Cool. Danke.«, sagte Nadja.
»Ich weiß aber noch nicht, wie gut die ist. Kann dir nichts
versprechen. Ist so ein Billigprodukt, weißt du?«
»Mäh!«, erklang es hinter Pia und Nadja. Beide drehten
sich fast gleichzeitig um und erblickten die beiden Ty-
pen, mit denen sie im Supermarkt aneinandergeraten wa-
ren.
»Na, ihr Nazischafe, was geht jetzt?«, fragte der junge
Mann mit dem dunklen Scheitel.
»Verpisst euch, ihr Lutscher!«, fauchte Nadja.
»Aber warum denn?«, fragte der Blonde lachend. »Wohin
sollen wir denn verschwinden? Zurück in unsere Wohnungen und uns einen wichsen, hä?«
Pia sah sich um, bis auf den Obdachlosen der bereits dabei war das Weite zu suchen, war niemand da. Sie seufz-
te. »Wir haben alle eine große Verantwortung. Ihr sollt
einfach nur eure Masken tragen. Darum ging es uns. Die
Beleidigung tut uns leid.«
»Mir nicht«, sagte Nadja leise.
Der dunkelhaarige junge Mann deutete auf Pia.«Dich

kenn ich doch. Du bist doch die cremige Pia. Diese Influencer-Tante, die die ganzen Hautcremes im Internet vertickt. Meine Ex war ganz begeistert von dir.«

»Wie schön«, sagte Pia gedehnt. »Das freut mich sehr. Dann richte ihr bei Gelegenheit schöne Grüße aus.«

»Wie denn? Die Schlampe hat mich verlassen. Ich hab deine Cremes in den Müll gestopft, wo sie hingehören!«, erwiderte der Mann und sah Pia anklagend an. »Und jetzt sehe ich, wie du diese Diktatur förderst. Uns denunzierst und beleidigst vor allen Leuten. Immer schön mitlaufen, was?«

Nadja platzte. »Was redest du denn da? Ihr müsst einfach nur zehn Minuten so ein Ding im Gesicht tragen. Was ist denn daran so schwer? Seid ihr Luschen, oder was?«

Der Blonde zog eine gekränkte Schnute. »Oh! Was haben wir euch denn getan? Ständig diese Beleidigungen. Vielleicht sollten wir euch einfach anzeigen?«

Pia wollte weiter und legte Nadja beruhigend eine Hand auf die Schulter.

Doch ihre Freundin kam immer mehr in Fahrt. »Wohl eher sollten wir euch anzeigen. Ihr seid ja schließlich gegen diese sogenannte Diktatur, in der wir ja angeblich leben, oder etwa nicht?«

Der Dunkelhaarige baute sich bedrohlich vor den beiden Mädchen auf.

»Ihr dreckigen Nazischafe! Das würde euch so passen, hä?«

Nun verlor auch Pia die Beherrschung.

»Pass auf, was du sagst, du armseliges Würstchen!«

Der junge Mann lachte. »Hört euch diese keifende Stimme an. Da krachen alle Scheiben ein. Das ist ja schon Körperverletzung!«

Pia lächelte. »Sag mal, findet ihr überhaupt eure kleinen Ringelschwänzchen, wenn ihr euch gleich einsam und alleine einen herunterholen müsst in eurem dreckigen Loch?«

Pia bekam einige Spucketropfen ab, als der junge Mann mit dem Scheitel sie anbrüllte.

»Du bist ein dreckiges Loch!«
»Spuck mich nicht an!«, schrie Pia schrill und trat unbewusst näher an den Mann heran.
Der verpasste ihr einen Stoß vor die Brust. Pia konnte sich nur knapp auf den Beinen halten.
»Abstand halten, du blöde Kuh!«, knurrte der junge Mann und spuckte ihr sein Kaugummi vor die Füße.
Kurz darauf biss er sich auf die Zunge, als Pia ihr Bein hochriss und ihn am Kinn traf. Er taumelte benommen nach hinten.
Der Blonde riss staunend seine Augen auf, bevor er sich von seinem Schock erholte und dazwischengehen wollte. Nadja stellte ihm ein Bein. Er schlug der Länge nach hin.
Der Dunkelhaarige schlug nach Pia. Sie duckte sich schnell und trat nach ihm. Er packte ihr Bein, sodass Pia ihr Gleichgewicht verlor.
Zugleich wollte der Blonde aufstehen, doch Nadja schlug ihm ihre Einkaufstüte gegen das Ohr.
Der andere saß auf Pia und würgte sie mit beiden Händen, ächzend rammte sie ihm ihr Knie in seine Weichteile und er purzelte seufzend von ihr herunter.
Der Blonde packte die tobende Nadja am Handgelenk.
»Bleib ruhig.« Kreischend fuhr sie ihm mit ihren langen Fingernägeln durchs Gesicht.
Währenddessen jagte der Mann mit dem Scheitel brüllend der davoneilenden Pia hinterher.
Der Blonde und Nadja wälzten sich kämpfend und kratzend über den Parkplatz, bis dieser sie am Boden festnagelte.
Nadja stieß einen lauten Schrei aus.
»Ganz ruhig. Jetzt beruhige dich doch mal! Ich will dir nichts tun!«, rief der Blonde und klang auf einmal unsicher.
Der andere mit den braunen Haaren jagte Pia ums Auto.
»Hasso! Beruhig dich! Hör auf! Lass sie in Ruhe!«, rief der Blonde, der offenbar keinen Ärger mehr wollte.
Doch es war bereits zu spät.
»Hört sofort auf!«. rief eine Stimme hinter ihnen.
Der blonde Mann, der Max hieß, war sich ziemlich sicher,

dass die Situation nun eskalieren würde.

5

Ich trat nach draußen an die kalte Luft und ärgerte mich, dass ich mir heute Morgen keinen zweiten Pullover angezogen hatte.

Per bekam plötzlich einen Anruf von seiner Freundin Lene, der wohl wichtiger war als die Situation vor meinen Augen.

Sonja hatte sich aufs Klo verkrochen, versprach mir aber sofort nachzukommen.

Vor mir sah ich ein beunruhigendes Bild.

Der braunhaarige Fitnessathlet jagte brüllend die blonde Kundin um ein parkendes Auto, während diese ihn dabei mit ihrem Handy filmte.

Der blonde Bursche saß rittlings auf der brünetten Frau und hielt ihre Arme fest.

»Hört sofort auf«, sagte ich viel zu leise und bemerkte, dass sogar dabei schon meine Stimme kratzte.

Keiner hörte mich. Alle schrien und tobten weiter durch die Gegend.

Ich zückte mein Handy und wählte den Notruf.

Bevor der Mann am anderen Ende überhaupt was sagen konnte, brabbelte ich schon los und schilderte ihm die Situation.

»Aha. Soso. Wo brennst denn?«, fragte er dann mit seiner tiefen Stimme.

»Hab ich Ihnen doch gerade gesagt!«, sagte ich ungeduldig.

»Wenn es nicht brennt, kann ich Ihnen nicht helfen.«

»Wie bitte?«

»Sie haben die Feuerwehr angerufen. Bitte wenden Sie sich an den polizeilichen Notruf bei solchen Problemen.«

Fluchend beendete ich die Verbindung.

Tatsächlich stellte ich dann auf dem Display fest, dass ich mich verwählt hatte.

Die Situation verschärfte sich vor mir. Es war keine Zeit für einen weiteren Notruf.

Die Brünette schrie wie am Spieß unter dem Blonden, obwohl der meiner Wahrnehmung nach mittlerweile eher einen passiven und unsicheren Eindruck machte.

Doch es war nur noch eine Frage der Zeit, bis der Mann mit dem Scheitel die blonde Frau eingeholt hatte.

Ich musste wohl oder übel wieder meine Stimme strapazieren.

Meine Wut über die verwählte Nummer sollte mir dabei behilflich sein.

»Hört endlich auf, Mann!«

Der Braunhaarige stockte.

Die blonde Frau filmte nun mich.

Der blonde Mann sah mich wütend an.

»Geh weg! Ich klär das schon.«

»Das sehe ich«, erwiderte ich.

»Halt die Fresse!«, zischte der blonde Mann und stieg von der Brünetten herunter.

»Ich rufe die Polizei«, sagte ich und wunderte mich, dass noch keiner von meinen Supermarktkollegen erschienen war.

Nun hatte ich auch die volle Aufmerksamkeit von dem dunkelhaarigen Typen.

»Ruf doch die scheiß Bullen, du Fotze!«, knurrte er und lief auf mich zu.

Auch der Blonde kam in meine Richtung.

Allerdings mit der Absicht, seinen Kumpel von mir abzuschirmen.

»Hasso. Lass es. Wir hauen ab.«

»Nein, Mann! Willst du dir alles von denen gefallen lassen?«, rief der junge Mann mit dem Scheitel empört und stand mittlerweile direkt vor mir.

Zu meinem Erschrecken stellte ich fest, dass der junge, sportliche Mann zwar nicht besonders hochgewachsen war, aber mich immer noch um ein paar Zentimeter überragte.

Er hatte meiner Einschätzung nach kein Gramm Fett am Körper, war aber dennoch fast doppelt so breit wie ich.

»Bitte geht jetzt weg. Es reicht wirklich. Die Frauen haben Angst«, sagte ich nun wieder mit kläglicher Stimme.

Der Braunhaarige äffte mich nach.

»Oh. Bitte ... bitte. Hört auf. Hört auf.«

Er lachte mir ins Gesicht.

»Bist wohl der große Beschützer, was?«

Ich sah mich um.

Per war auch nicht da.

Dabei war er doch der Security-Mann vom Supermarkt.

Wieder lachte der Braunhaarige und fuhr sich mit der Hand über seinen Scheitel.

»Tja. Hast wohl keine Connection. Wohl keiner da, der dir helfen wird, kleiner Mann.«

Dann stieß er mir hart vor die Brust. Mir kam es so vor, als würde mich ein Lastwagen küssen. Fast wäre ich umgefallen.

»Hasso. Es reicht. Lass uns gehen«, sagte der Blonde weiterhin unsicher.

»Ey! Hör auf, meinen Scheiß Namen zu sagen, klar! Was sollen die noch mit uns machen? Du lässt dir alles gefallen! Wir leisten nur Widerstand. Hast du keine Eier, oder was?«

Schon das alleine schien den Blonden umzustimmen.

»Hast recht, Alter!«, sagte er mit gepresster Stimme, bevor seine Faust in meinem Gesicht explodierte.

Ich kippte nach hinten und schlug mit dem Kopf auf den geteerten Boden.

Es knackte und ein stechender Schmerz fuhr in meine rechte Körperseite, als Hasso mir wuchtig in die Rippen trat.

Dann stampfte er mir mit seinem Fuß auf den Bauch und ich musste wieder nach Luft schnappen.

»Das hast du nun davon!«, brüllte Max und Hasso lachte, bevor sie weiter wie in Ekstase auf mich eintraten.

Die Frauen fingen an zu kreischen und schrien um Hilfe.

Ich nutzte den Moment, um mich aus der Situation zu befreien.

Verzweifelt trat ich mit meinen Füßen um mich.

Dabei hatte ich sogar etwas Glück.

Max erwischte ich am Schienbein. Fluchend humpelte er von mir weg und wäre selber fast hingefallen.

Bei Hasso bekam ich meinen absoluten Glückstreffer, als ich ihm unbeabsichtigt meinen Fuß wuchtig in die Eier rammte.

Nun schnappte auch er nach Luft und klappte zusammen. Mein zweiter Tritt traf seine Visage und er segelte nach hinten.

Ich wollte mich gerade aufrappeln.

»Jetzt spielen wir Fußball, du Spast!«, schrie sein Kumpel.

Dann traf mich ein heftiger Fußtritt am Kopf. Mir wurde schwarz vor Augen, gleichzeitig hörte ich Max triumphierend brüllen.

Hasso kniete sich auf meinen Brustkorb und schlug mir mehrfach mit seiner Faust ins Gesicht. Ich schmeckte Blut auf meiner Zunge und dachte, dass das Karma mich nun eingeholt hatte.

»Hasso, Max, hört sofort auf damit«, hörte ich die tiefe Stimme von Per.

»Halt dich da raus!«, rief Hasso über mir. Doch zum ersten Mal klang auch er unsicher.

»Ich weiß, wo ihr wohnt«, sagte Per ruhig.

»Ach ja?«, rief Max.

»Wir sind Nachbarn.«

»Stimmt. Hab dich schon mal gesehen«, sagte Max zu Per. Auch er klang wieder unsicher.

»Du wohnst direkt ein Haus weiter, Hasso. Ich seh dich doch immer zu Max laufen.«

»Woher weißt du das.«

»Ich sehe alles«, sagte Per.

Hasso ließ plötzlich von mir ab.

»Ey, lass uns abhauen. Der Typ ist gruselig, Alter!«, hörte ich ihn noch sagen, und dachte, dass er in Bezug auf Per recht hatte, bevor ich mein Bewusstsein verlor.

6

»Hey Schatz? Hörst du mir überhaupt zu?«
Ron grunzte zustimmend, während er über sein Smartphone scrollte.
Zur gleichen Zeit als Daniels Fuß im Krankenhaus untersucht wurde, entdeckte sein Vater verstört in einer Story die neuesten Entwicklungen in Pias Leben.
Er sah sie aus ihrer Perspektive auf einem Supermarktparkplatz um ein parkendes Auto rennen, während ein junger Bursche sie brüllend verfolgte.
Im Hintergrund wurde ihre beste Freundin Nadja gerade von einem anderen Typen angefallen.
Dann tauchte ein weiterer Knirps auf.
Ron schätzte ihn wie die anderen beiden Männer ebenfalls auf Anfang bis Mitte zwanzig.
Die beiden Milchgesichter ließen von den Frauen ab und gingen auf den armen Typen los.
Sie verprügelten ihn und Ron beneidete den jungen Mann um jeden erhaltenen Schlag.
Er wäre so gerne an seiner Stelle gewesen um sich für Pia zu opfern, stattdessen saß er nun in einem trostlosen Warteflur eines stinkenden Krankenhauses.
Wahrscheinlich hatte sich Daniel den Fuß verstaucht.
Ron kannte das aus seiner eigenen Kindheit.
Es tat ihm schon leid um seinen Sohn.
Es war aber auch kein Beinbruch oder Drama, wie die Szene auf dem Parkplatz.
Ron bekam kaum noch Luft. Die kalte Wut und hilflose Verzweiflung schnürte ihm die Atemwege ab.
»Ron!«, rief Cynthia wieder.
»Hä?«, brummte er.
»Meinst du, es ist wirklich nichts gebrochen?«
»Denke nicht. Sein Fuß sah doch ganz normal aus.«
»Kann ja auch was angebrochen sein.«
»Sei nicht so pessimistisch. Ich denke, der Fuß ist nur verstaucht.«
»Nur?«
Ron stöhnte. »Meine Güte, Cynthia. Das ist natürlich

nicht schön. Aber das ist mir in der Kindheit tausendmal passiert. Hab ich auch überlebt, oder?«

Cynthia drückte Rons Arm.

»Kannst du mal bitte aufhören, auf dein Handy zu starren, wenn wir miteinander reden.«

Ron machte sich los.

»Cynthia«, seufzte er, »ich kann jetzt auch nichts dafür, dass Daniel umgeknickt ist.«

»Ich war einkaufen. Du warst doch da.«

Ron atmete theatralisch ein und aus. »Soll ich ihn jetzt etwa die ganze Zeit überwachen, oder was? Manchmal bist du so eine Helikopter-Mutter.«

»Also wirklich! Nur weil ich auf ihn aufpasse? Er hatte Schmerzen, Ron! Er hat die ganze Zeit nach dir gerufen.«

»Ich war oben in meinem Zimmer und habe gearbeitet.«

Cynthia lachte laut und freudlos, sodass ein weiteres wartendes Pärchen sich nach ihnen umdrehte.

»Jetzt arbeitest du ja auch gerade, oder?«, rief sie spitz und versuchte, einen Blick auf sein Handy zu erhaschen.

Ron zog seinen Arm weg.

Cynthia kitzelte ihn.

Ron musste lachen. »Hör auf damit!«, rief er etwas hilflos, bevor er zurück kitzelte.

Cynthia fing an, vor Lachen zu quietschen. Beide hatten nun die volle Aufmerksamkeit der restlichen Wartenden.

Sie sahen in Rons Gesicht.

Er hatte seine Maske noch nicht hochgezogen.

Das störte Cynthia und Ron nicht. Lachend kitzelten sie sich weiter.

Ihre Heiterkeit ebbte erst ab, als Ron sein Smartphone herunterfiel.

Er zuckte zusammen, bevor er seine Frau wütend ansah.

Cynthia rollte sich schützend wie ein Igel ein, während Ron sein Handy mit zitternden Händen untersuchte.

Verstohlen erhaschte er gleichzeitig die neuesten Infos von Pias Account.

Viel Neues gab es allerdings nicht. Das Video endete damit, dass ein Sicherheitsmann in die Szene schritt und den Knirps vor weiteren Schlägen bewahrte.

»Dein Handy ist noch heil«, stellte seine Frau erleichtert fest.

Ron knurrte grimmig, bevor er sein Handy wegsteckte.

Dann kitzelte er Cynthia wieder.

»Hör auf!«, kreischte sie und fing wieder an, schrill zu lachen.

Dann kitzelte sie ihn wieder. Beide lachten und bekamen sofort bessere Laune. Auch Ron konnte sich nun von dem verstörenden Videoclip und Daniels Unfall besser ablenken.

Auch seine neue Mission gab ihm eine merkwürdige Mischung aus Fröhlichkeit und Entschlossenheit zurück.

Er würde diese beiden Bastarde aufknüpfen.

Sie werden mit Zinsen bezahlen, für das, was sie meiner Pia angetan haben, dachte Ron.

Er fand es nicht fair, dass sein Sohn Daniel humpeln musste, während diese beiden Milchgesichter feuchtfröhlich durch die Gegend eierten.

Er würde diesen Zustand ändern.

Er war sowieso in die Kurzarbeit gesteckt worden.

Das konnte er nun nutzen und sich seiner Passion hingeben.

Ich werde den beiden Knirpsen jeden Knochen in ihrem wertlosen Körper zertrümmern, dachte Ron, während er weiter lachend seine Ehefrau durchkitzelte.

Er krümmte sich vor Lachen, als Cynthias Finger sich über seine Rippen bewegten, während er an seinen Teleskopschlagstock dachte.

Sie werden dafür bezahlen, genauso wie jeder andere, der meiner Pia wehtut.

Ich werde für dich sterben.

Ich werde für dich töten.

Ron lachte. Er wusste nicht genau, ob es daran lag, dass Cynthia ihn nun wieder kitzelte oder an der Vorfreude auf seine neue Mission.

7

»Wie kannst du dir diesen Fraß nur hereinschaufeln?«,
maulte Georg und sah mich fassungslos an.
Ich musste langsam essen, weil mein Kopf und meine
Rippen schmerzten, mein Bettnachbar schien mein Ess-
verhalten jedoch mit Genuss zu verwechseln.
Wobei es zum Teil auch stimmte.
Ich biss das letzte Stück von dem Butterbrot ab und
wandte mich dem Himbeerjoghurt zu, während mich
mein Bettnachbar kopfschüttelnd dabei beobachtete.
Ich wusste wirklich nicht, was er für ein Problem hatte.
Aber mein unfreiwilliger Zimmergenosse war generell
nicht das beste Beispiel für gute Laune.
Die ganze Zeit meckerte und mäkelte er an allem Mögli-
chen herum.
Zuerst regte er sich über mein angebliches Schnarchen
auf und dann über das Essen im Krankenhaus.
Ich hingegen mochte Krankenhausessen.
Georg hingegen verglich das Essen mit dem Mittagsme-
nü von einer Theaterkantine aus seinen besten Jahren als
Schauspieler und Tänzer.
Auch das sei immer so furchtbar gewesen, meinte er.
Er war schätzungsweise zwanzig Jahre älter als ich, noch
kleiner und sogar noch schmaler.
Die Haare an seinen Schläfen waren ergraut, ansonsten
hatte er volles dunkles Haar, welches er mit einem Kamm
ständig bürstete.
Sogar in seinem Bett.
Die Begeisterung vom medizinischen Pflegepersonal
hielt sich in Grenzen.
Besonders Schwester Beate mochte es gar nicht, seine
langen, dunklen Haare aus der Matratze zu fischen.
Ich fragte mich immer noch, warum er hier lag. Er machte einen äußerst vitalen Eindruck. Insbesondere mit seinem Mundwerk.
Nur einmal ließ er erahnen, dass sein Aufenthalt einen
recht ernsten Hintergrund haben könnte.
Als ich ihn vor einem Tag gefragt hatte, deutete er in sei-

ne Intimzone und murmelte leise irgendetwas von Eier-
salat.
Ich hingegen war mit einer schweren Gehirnerschütte-
rung, ein paar Prellungen und einer angeknacksten Rippe
davongekommen.
Alles tat mir höllisch weh, besonders das Atmen, aber ich
werde es überleben.
Obwohl im Krankenhaus viel Andrang war, sollte ich
noch bis morgen früh zur Beobachtung hierbleiben.
Sonja war schon gestern bei mir gewesen.
Sie erlöste mich quasi aus einem dieser Albträume, in
denen ich die sterbende Mutter und ihre weinende Tochter sah.
Dieser Albtraum war die Brücke von dem Vorfall auf dem
Parkplatz bis zu meinem Erwachen im Krankenhaus gewesen.
Sonja nahm meine Hand und entschuldigte sich mehrfach bei mir für ihre schwache Blase und das sie mir da-
durch nicht beigestanden hatte.
Zwischendurch quatschte Georg immer wieder dazwischen und machte fragwürdige Komplimente über Sonjas
sportliche Figur.
Auf einmal konnte sie in seinen Augen alles sein.
Erst war sie Schauspielerin, dann Model und schließlich
eine Balletttänzerin im SCHWANENSEE.
Irgendwann sind wir beide gar nicht mehr zu Wort gekommen. Georg brabbelte gefühlt viermal seine Vita herunter, während er sich dabei hauptsächlich mit Sonjas
Hintern unterhielt.
Zwischendurch war er dann immer mal herausgerannt,
um eine zu rauchen, sodass Sonja und ich uns wenigstens
ein bisschen miteinander unterhalten konnten, bis die
eine Stunde Besuchszeit auch schon vorüber war.
Nun wurde mir von Schwester Beate angekündigt, dass
ich wieder Besuch kriegen sollte.
»Ich geh an die frische Luft«, brummelte Georg. »Muss
nicht schon wieder vollgelabert werden.«
Bevor ich mich weiter über Georgs Wahrnehmung der
gestrigen Ereignisse wundern konnte, war er auch schon

flink aus dem Zimmer verschwunden.

Wenig später kam dann mein Besuch.

Erst dachte ich, es wäre Per und er würde sich auch für sein spätes Erscheinen bei der Schlägerei entschuldigen. Stattdessen sah ich die blonde Dame vom Parkplatz und war überwältigt von ihrer Schönheit.

Ich weiß nicht, ob es an den schmerzstillenden Medikamenten lag, aber ich fing an, wie Eis in der Sonne zu schmelzen.

Selbst der opulente Blumenstrauß in ihrer Hand konnte nicht so blühen wie das Funkeln in ihren wunderschönen nussbraunen Augen.

Sicher sah sie ohne Maske sogar noch besser aus.

»Hallo. Ich bin Pia«, sagte sie und sah mich direkt an.

Ich war erst einmal vollkommen sprachlos und fixierte ihre hohen Wangenknochen.

»Kannst du reden?«, fragte sie frei von jeglichem Sarkasmus. »Du hast bestimmt große Schmerzen.«

Ich schüttelte inbrünstig den Kopf, obwohl sogar diese Bewegung mir schon Höllenqualen bereitete. »Alles okay ... danke«, stammelte ich und merkte, dass ich rot wurde.

»Bitte stress dich meinetwegen nicht. Mir tut alles so leid. Ich trage dafür auch Verantwortung. Ich bin manchmal so temperamentvoll und kann meinen Mund nicht halten. Ungerechtigkeit macht mich krank. Das triggert mich ganz schön. Solche Typen, wie die beiden da.«

Ich schwieg. Nicht nur, weil mir dazu nicht viel einfiel, sondern auch, weil ich weiter ihrer schönen Stimme lauschen wollte.

Sie war zwar generell etwas hoch, aber dennoch tat sie mir gerade sehr gut.

Pia sah mich unverwandt an.

»Soll ich lieber wieder gehen?«, fragte sie und wollte sich schon abwenden.

»Nein!«, wollte ich schreien. Stattdessen kam nur ein Krächzen dabei heraus.

Es reichte allerdings aus, dass sie näher an mich herantrat.

»Es war total mutig und lieb von dir, was du für mich und

Nadja getan hast. Das soll sich mal einer trauen, sich solchen Kerlen in den Weg zu stellen. Du bist ein sehr mutiger und guter Mensch. Ich hoffe, du weißt das.«
Dann nahm sie plötzlich ihre Maske ab und ich sah ihre vollen Lippen. Ihre schönen Grübchen um den verspielten Mund. Sie gab mir einen Kuss auf die Stirn. Wärme floss von meinem Kopf zum Rest meines Körpers. Es war, als würde ein Engel meine Haut berühren.
Selbst die lautstarke Diskussion zwischen Georg und Schwester Beate im Flur konnte meinen inneren Frieden nicht stören.
Ich stieß einen lauten Seufzer aus, der wohl in Pias Ohren eher genervt klang.
Sie zuckte zurück. »Entschuldige. Das wollte ich nicht«, stammelte sie und zog ihre Maske wieder auf. »Ich habe mich testen lassen. Mach dir bitte keine Sorgen.«
Ich schüttelte meinen Kopf und alles drehte sich.
Sie schien das falsch zu deuten.
»Egal. Das war nicht gut ... ich weiß. Ich war übergriffig. Tut mir echt leid.«
Sie wollte sich schon wieder abwenden. Ich war über meine eigene Entschlossenheit überrascht, als ich ihre Hand nahm.
Dann war ich regelrecht paralysiert. Sie fühlte sich so warm an.
Sie strich mir über das Gesicht.
»Ich muss leider gleich gehen und möchte, dass du ehrlich zu mir bist. Wenn du willst, aber nur wenn du es wirklich willst, können wir uns gerne wiedersehen.«
Sie sah mich fragend an.
Scheinbar brauchte ich etwas zu lange.
»Willst du das? Das würde mir sehr viel bedeuten«, sagte Pia und ich bemerkte, dass ihre Stimme auf der Tonleiter ein paar Sprossen höher gewandert war.
Ich nickte entschieden und merkte, dass Bejahen meinem Kopf weniger wehtat als Verneinen.
»Das freut mich«, sagte sie und ihre Augen lächelten wieder.
Pia nahm wieder ihre Maske ab und ich erwartete schon

sehnsüchtig den zweiten heißen Kuss von ihr.
Hoffentlich küsst sie mich auf den Mund, dachte ich.
Stattdessen legte sie einen Arm um mich und zog mich
an sich heran, sodass meine Wange an ihrer warmen
Brust ruhte.
Dann zog sie ihr Smartphone hervor.
»Cheese!«, sagte sie zu mir, zog aber selber einen Kuss-
mund, bevor sie mit mir zusammen ein Foto machte.
Ich fand das Timing etwas merkwürdig, doch stören tat
es mich nicht, denn nun folgte als Belohnung der zweite
Kuss auf meine Stirn.
»Dann sehen wir uns bald«, hauchte Pia und warf mir
einen schmachtenden Blick zu, bevor sie an dem hochro-
ten Georg vorbeilief, als der gerade wieder in sein Zim-
mer kam.
»Mann hast du ein Schwein«, brummte er beleidigt. »Da
lässt man dich mal ein paar Minuten allein …«
Doch ich hörte ihm gar nicht mehr zu.
Denn ich schwebte bereits im siebten Himmel.

8

»Sind Sie sicher, dass der Name ...«
»Können Sie bitte Ihre Maske aufsetzen«, sagte eine ältere Frau mit einem Beutel hinter Ron.
»Nein, und unterbrechen Sie mich nicht«, sagte Ron, dessen Maske unter dem Kinn baumelte.
Kopfschüttelnd ging die Kundin weg.
Der Security Mann vor ihm ignorierte alles und starrte mit geweiteten Augen auf sein Handy.
Die Nachricht auf dem Display schien ihm nicht zu gefallen.
Ron dachte, dass er gerade heftigst verarscht wurde, als er im Supermarkt vor dem Pfandautomaten stand und den Namen seines Zieles gehört hatte.
Max Mustermann.
Er fragte sich zudem, wie der große junge Mann vor ihm auf seine Nummer hereinfallen konnte.
Der Sicherheitsmann hörte Ron nur halbherzig zu, als dieser mit Daniel vor ihm stand und nach der Adresse von Max Mustermann fragte.
Ron gab sich als Anwalt aus, der Max wegen einer Anzeige dringend sprechen müsste.
Einer Anzeige wegen schwerer Körperverletzung.
Dieser Per nannte ihm unverblümt dessen Adresse und schien sich kein bisschen darüber zu wundern, dass der Anwalt seinen kleinen Sohn auf Krücken zu so einer pikanten Angelegenheit mitbrachte.
Und dann nannte er ihm auch noch den Namen Max Mustermann.
Ron überlegte sich, ob er seinen Teleskopschlagstock an Per ausprobieren sollte.
Er musterte den großen Wachmann vor ihm.
Er erinnerte ihn trotz der Größe an eine Elfe.
Alles andere an ihm war nämlich grazil. Fast schon zierlich.
Dieser Per hatte seine langen blonden Haare zu einem Zopf gebunden.
Seine Gesichtszüge waren sehr weich, fast schon mäd-

chenhaft.

Nur die grünen Augen in seinem schmalen Gesicht strahlten eine eiskalte Härte aus, die ihn dann doch wieder sehr erwachsen wirken ließ.

»Ist noch was?«, fragte Per mit seiner knarzenden Bassstimme, die auch nicht wirklich zu seinem ebenmäßigen Milchgesicht zu passen schien.

Ungeduldig schielte er auf sein Handy.

»Nein. Finde ich Sie hier, falls ich noch Fragen habe?« Per sah Ron an, als wäre er bescheuert. »Wo soll ich denn sonst sein?«, brummte er und wählte eine Nummer.

»Danke für Ihre Zeit«, murmelte Ron, nachdem Per ihm mit einer Kopfbewegung zu verstehen gab, dass er verschwinden sollte.

Er legte Daniel eine Hand auf die Schulter, der ihn fragend ansah. »Komm. Wir haben es fast geschafft. Danach kriegst du Pommes und einen riesigen Eisbecher mit so vielen Kugeln wie du willst«, sagte Ron sanft zu seinem Sohn.

Gleichzeitig ärgerte er sich, dass seine Frau ein Geschäftsessen hatte und der Babysitter verhindert war.

»BUNTWÄSCHE! Ich hab dir gesagt, du sollst die scheiß Waschmaschine auf BUNTWÄSCHE stellen! TAUSEND-MAL hab ich dir das gesagt! MEINE FRESSE!«, brüllte der Wachmann plötzlich inbrünstig in sein Handy und Daniel wäre vor Schreck fast mit seinen Krücken umgefallen.

»Papa, ich will nach Hause!«, wimmerte er.

»Tut mir leid, Junge. Wirklich, es tut mir leid. Du wirst heute lernen müssen ein Mann zu werden. Ich dachte, du hättest noch Zeit und dürftest einfach erst einmal ein Kind bleiben und spielen. Doch die Welt bewegt sich so schnell. Schreckliche Dinge passieren. Du musst leider jetzt schon lernen, Verantwortung zu übernehmen. Auch für deine Mutter. Wenn ich irgendwann nicht mehr da sein sollte, musst du sie beschützen«, sagte Ron und dachte, dass er in zwei Monaten erst 39 wurde.

Er war zunehmend von seinen eigenen Worten irritiert.

Daniel sah ihn mit großen Kulleraugen an. »Wovor?«

Ron dachte an Pia, wie sie ständig unter diesen übergriffigen Männern leiden musste und an seine eigene Hilflosigkeit.

Davor wollte er seinen Sohn bewahren.

Er musste in dieser harten Welt schneller heranreifen als er selber in seiner Kindheit.

Er muss ein Mann werden.

»Vor anderen bösen Menschen. Manche Menschen tun schlechte Dinge. Ganz besonders die Männer.«

Daniel nickte. Er schien zu verstehen. Ron sah ihn wehmütig an.

Sein Junge schien schnell zu lernen und er hatte sich heute so tapfer geschlagen, trotz seines verstauchten Fußes.

»BUNTWÄSCHE! BUNTWÄSCHE! BUNTWÄSCHE!«, kreischte Per wieder in sein Mobiltelefon. »Bist du eigentlich taub, oder was? Nein, nein, nein! Jetzt rede ... Fang jetzt nicht wieder damit an! WAS? Nein! DAS REICHT JETZT! Ich komme nach Hause!«, rief Per böse und legte auf.

Seine Fingerknöchel waren mittlerweile weiß und es sah aus, als würde der Wachmann das kleine Handy in seiner Hand gleich zerquetschen.

Eben hatte Ron ihn noch für eine Elfe gehalten.

Doch als Per mit gebleckten Zähnen und großen Schritten ungelenk an ihm vorbei zum Ausgang stürmte, erinnerte der Wachmann ihn eher an einen Troll.

»Na warte, Miststück«, knurrte Per leise und hätte Daniel um ein Haar umgerannt.

Dieser sah ihm nach. Danach sah er wieder seinen Vater mit großen Augen an.

»Das ist ein böser Mann, Papa. Willst du ihn hauen?«

Ron spürte mit seinen Fingern den Gummigriff des Teleskopschlagstocks in der Manteltasche.

Er hatte eine beruhigende Wirkung auf ihn.

Es war fast schon wie Meditation.

Keine schlechte Idee von dem Jungen, dachte er.

Dann fiel ihm ein, dass er sich auch schon mit Cynthia zum Teil sehr laut und heftig gestritten hatte und er ihr trotzdem niemals etwas zuleide tat und auch niemals tun würde.

Aber jeder Nachbar könnte das in solchen Momenten missverstanden haben.

Nein, er wollte sich nicht weiter von seinem Ziel ablenken lassen.

Auf Per konnte er noch zurückkommen, falls dieser gelogen hatte.

»Sie haben ja Ihre Maske immer noch nicht auf!«, bemerkte die ältere Kundin wieder.

»Das wird auch nicht passieren!«, blaffte Ron.

»Sie sollten sich ...«

»Komm jetzt!« sagte er zu Daniel und schob ihn zum Ausgang.

Nachdem sich beide in Rons Geländewagen umgezogen hatten, stiegen sie vor dem Wohnblock von Max Mustermann aus dem Auto.

Vater und Sohn trugen nun Stahlkappenschuhe.

Ron hatte sie noch von seiner alten Stelle vom Bau. Für Daniel hatte er mal welche gekauft.

Für alle Fälle.

Ron streifte sich seine Arbeitshandschuhe über und sah auf Daniels nackte Hände. »Hol noch deine Fäustlinge, meine Junge. Sonst wird dir noch kalt.«

Und du könntest Spuren hinterlassen, dachte Ron.

Ron wusste nicht genau, wie er in die Wohnung von Max gelangen sollte.

Er entschied sich erst einmal für den legalen Weg.

Ron suchte nach dem Namenschild und wurde fündig.

Dieser Per hatte also nicht gelogen.

Er klingelte eine ganze Weile.

Irgendwann meldete sich eine träge Männerstimme.

»Ja?«

Ron überlegte.

Aber ihm fiel nichts ein.

»Ja? Was ist denn?«, dröhnte es genervt aus der Gegensprechanlage.

»Polizei. Machen Sie auf!«, sagte Ron schließlich und versuchte Autorität in seine Stimme zu legen.

Es folgte aus der Anlage ein schniefendes Geräusch.

»Moment«, sagte die Stimme des jungen Mannes.
Doch statt des Summers hörte Ron, wie sich im zweiten
Stock eine Balkontür öffnete.
»Wer bist du?«, fragte der blonde Mann von dem Video
mit Kapuzenpullover über Ron.
»Hab ich doch gesagt. Die Polizei.«
Der Blonde lachte grell. »Klar. Und wer ist der kleine De-
puty?«
»Du gehörst weggesperrt, du Schwein!«, brüllte Ron nach
oben.
»Hau sofort ab, oder ich hau dir vor deinem Jungen aufs
Maul«, sagte Max und ballte drohend seine Faust.
Diese Geste hatte von dem Balkon aus etwas Herrschaft-
liches.
Ron tastete nach dem Metallstab in seiner Jackentasche.
Adrenalin schoss in seinen Körper.
Es war, als würde ihm der Schlagstock elektrische Schü-
be geben.
»Ich warte«, sagte Ron.
»Wie du willst«
Der Blonde ging zurück in seine Wohnung. Kurz darauf
sah Ron, wie im Flurfenster des Gebäudes das Licht an-
ging.
»Geh zum Wagen, Daniel!«, sagte Ron entschlossen und
trat ein paar Schritte von der Haustür zurück, als Daniel
ängstlich zum Auto hinkte.
Er zog im selben Moment den Schlagstock, als die Haus-
tür aufkrachte.
Er fuhr den Stab in einer fließenden Bewegung aus, als
Max mit seinem muskulösen Arm ausholte.
Als dieser zuschlug, duckte sich Ron und zog den Schlag-
stock durch.
Max schrie schrill auf, als der Stab sein rechtes Bein traf
und ihm die Kniescheibe heraussprang.
Kreischend stürzte er zu Boden.
Ron betrachtete ihn eine Weile, dann drehte er sich zu
seinem Sohn um.
»Urteile nicht über mich, Daniel. Du wirst es irgendwann
verstehen.«

Dieser sah ihn aufmerksam an. »Papa. Das ist Selbstjustiz.«

Ron hörte Max unter sich brüllen, doch das war ihm gerade egal.

Er starrte seinen Sohn fassungslos an.

»Was hast du gerade gesagt?«

»Du machst Selbstjustiz, Papa.«

»Woher kennst du ...«

Weiter kam Ron nicht.

Ihm stiegen Tränen in die Augen.

Vor Liebe und Anerkennung für seinen Sohn.

Was für ein frühreifer und intelligenter Bursche.

Wie konnte jemand mit seinen zarten acht Jahren schon so ein Wort kennen?

Und dann noch in solch einer Situation sagen.

»Du machst mich so stolz, Junge«, sagte Ron gerührt und konnte nur mühsam ein glückseliges Schluchzen unterdrücken.

Dieser sah ihn weiter selbstbewusst mit großen Augen an.

Ron trat auf ihn zu und strich ihm liebevoll über seine dunklen Locken.

Doch dann beschloss er, sich auf Augenhöhe mit seinem Sohn zu unterhalten.

»Sehr gut, Daniel. Du hast fast recht. Aber eine Sache hast du vergessen.«

»Was denn?«, fragte Daniel.

»Wenn ich jemanden für ein vergangenes Verbrechen bestrafe, nennt sich so was Selbstjustiz, richtig. Da hast du vollkommen recht. Und in gewisser Weise stimmt das ja auch«, sagte Ron und trat wieder auf Max zu. »Er hat uns aber eben angegriffen. Schon wieder wollte er Gewalt ausüben. Also ist es Notwehr.«

Doch sein Sohn war noch nicht zufrieden.

»Du bist doch mit mir zu ihm gefahren, hast bei ihm geklingelt, und ...«

»Um Notwehr zu verüben«, unterbrach ihn sein Vater nun etwas bestimmter.

In diesem Moment packte Max ihn am Hosenbein.

Ron ließ wieder seinen Teleskopschlagstock ausfahren und schlug ihm auf den Unterarm.

Es knackte, als Elle und Speicheknochen brachen.

Max wimmerte auf.

»Warum schlägst du ihn noch? Er kann doch gar nicht mehr richtig kämpfen? Das ist doch keine Notwehr«, sagte Daniel selbstbewusst.

Ron überlegte.

»Nennen wir es mal ... äh ... Prävention!«, sagte er und schnippte mit seinen Fingern.

»Was ist das?«

Ron seufzte. »Ach, wie soll ich das jetzt ... äh ... schau mal zu Hause im Duden nach, mein Junge. Dann verstehst du es schon. Papa hat jetzt zutun«, sagte er etwas ermüdet und wandte sich wieder seinem Opfer zu.

»Kinder sind doch etwas Wunderbares, oder?«, fragte er Max und lächelte.

Als dieser nur wimmerte, statt zu antworten, stellte Ron seinen Fuß auf das verwundete Bein.

Max brüllte auf.

»Oder?«, fragte Ron scharf.

»JA!«, schrie Max.

»Willst du auch Kinder haben?«

Max hatte mittlerweile zu große Schmerzen, um noch zu antworten.

Doch Ron reichte das als Antwort.

»Dachte ich es mir doch.«

Er lief um Max herum, bis er hinter ihm stand.

»Wie schade«, sagte Ron.

Er nahm Anlauf und stieß einen animalischen Schrei aus, als er Max seinen Stahlkappenstiefel zwischen die Beine rammte.

Dieser schnappte scharf nach Luft, bevor er sich zusammenkrümmte.

Ron sah seinen Sohn mit tellergroßen Augen an.

»Sieh ihn dir an, Daniel! Er ist BÖSE! EIN BÖSER GROSSER MANN! Er tut Frauen weh. Er vergreift sich an Schwächeren. Ich muss ihn aufhalten. Erinnerst du dich noch an Hugo aus dem Kindergarten? Der war doch auch viel größer als du. Er hat dich und deine Freunde geärgert. Euch verkloppt. Jeden verdammten Tag! Ihr konntet euch nicht wehren. Ihn hätte man auch aufhalten sollen. UND DAS HIER IST EIN HUGO!«

Daniel hinkte mit seinen Krücken auf die beiden Männer zu.

»Was hast du vor?«, frage Ron.

»Ich will ihn auch treten.«

»Nein!«, rief sein Vater. »Bleib da. Du tust dir nur deinen Fuß weh.«

Ron wollte trotz allem nicht, dass sein Sohn zu früh damit anfing. Er sollte nur Zeuge sein und lernen.

Für Später.

Ron packte Max am Kragen seines Hoodies und schleifte ihn zu einer steilen Treppe, die zu einem kleinen Park mit Tischtennisplatte führte.

Schon wieder sollte ihn die Intelligenz seines Sohnes überraschen.

»Papa?«

»Ja, mein Junge.«

»Wirst du ihn jetzt töten?«

Ron packte Max fester am Kragen.

»Das entscheidet die Treppe.«

Dann warf er Max die Stufen herunter.

Wenig später saßen Ron und Daniel wieder im Auto, welches vor einer roten Ampel hielt.

Schon seit einer gefühlten Ewigkeit weigerte sich die Ampel, auf Grün zu springen.

Hier ist doch keiner, dachte Ron und sah sich an der verlassenen Kreuzung um.

Er hasste nichts mehr, als zu warten. Er war lieber in Bewegung. Dann musste er nicht so viel denken.

Jetzt blieb ihm nichts anderes übrig, als die heutigen Ereignisse zu reflektieren.

Auf einmal fragte er sich, ob er vielleicht überreagiert hatte.

Seine Reaktion auf den Vorfall vor dem Parkplatz kam ihm mittlerweile etwas überzogen vor.

Er hatte wahrscheinlich einen jungen Menschen umgebracht.

Ein Leben genommen.

Ron überlegte, ob er anonym einen Notruf absenden sollte.

Vielleicht war Max noch am Leben?

Wohl besser nicht.

Denn dann fiel ihm wieder ein, dass Max ja sein Gesicht kannte, und das von seinem Jungen.

Nein, seinen Sohn durfte er nicht in Schwierigkeiten bringen.

Außerdem war Max böse gewesen. Ron konzentrierte sich fieberhaft auf die verstörenden Bilder vom Parkplatz, die er auf dem Videoclip von Pia gesehen hatte.

Was sie wohl für Ängste ausstehen musste, als der andere Mann sie verfolgte.

Und ihre beste Freundin Nadja war von Max brutal angegriffen worden.

Es war ein verzweifelter Hilfeschrei von Pia gewesen.

Sie hatte ihm die Information zukommen lassen, dass Per die Adresse von Max kannte.

Zu Recht.

Denn solche Männer hörten niemals auf. Ron hatte genug.

Jeden Tag starben Frauen. Weltweit und auch in Deutschland gab es ständig Femizide.

Solche Männer mussten gestoppt werden, und er war das notwendige Übel.

Er musste sich auch noch um den anderen kümmern. Diesen Hasso. Zum Abschluss kam dann Zarjo an die Reihe.

Aber erst einmal musste er mit Daniel zusammen den heutigen Tag verarbeiten.

Er wandte sich an seinen Sohn.

»Ich weiß, es war ein harter Tag. Alles Okay, mein Junge?«

Daniel nickte zaghaft.

Ron fragte sich mittlerweile, ob es eine gute Idee gewesen war den Jungen mitzunehmen.

»Weißt du, Daniel. Du hast heute sehr viel Böses gesehen. Den Wachmann, diesen Max und auch in mir hast du viel Böses gesehen. Versuch, trotz allem auch weiterhin das Gute im Menschen zu sehen. Das gibt es auch noch. Das Leben kann auch manchmal schön sein. Egal, was Hugo getan hat. Egal, was alle anderen tun. Ganz egal, was ich heute getan habe. Bleib so, wie du bist, und sieh auch das Gute im Leben. Bleib dir treu. Ich hab dich lieb und ich bin stolz auf dich.«

Wieder nickte sein Sohn langsam mit großen Augen.

»Wollen wir was schönes Essen gehen?«

Daniel nickte nun heftiger. »Ganz viele Fischstäbchen.«

Ron war erstaunt. »Das ist alles?«

Daniel schüttelte den Kopf. »Ich will auch Pommes.«

»Gebongt.«

»Und eine große Cola.«

»Nein. Zu viel Zucker, Daniel.«

Daniel hämmerte auf seinen Sitz.

»Das war alles so doof heute! Ich will eine riesengroße Cola, oder ich sage Mama, was du getan hast.«

Wieder war Ron zutiefst verblüfft von seinem Sohn.

»Also ... das ist ja ...«

Weiter kam Ron nicht.

Denn er und sein Sohn wurden von einem Licht geblendet.

Dann rammte auch schon mit Höchstgeschwindigkeit ein anderer Wagen ihr Auto.

Ron wachte mit dröhnendem Schädel auf. Er blinzelte und sah nur noch Dunkelheit und zersprungenes Glas.

Er versuchte, seinen Kopf zu bewegen, und spürte einen stechenden Schmerz im Nacken.

Irgendwas stimmte mit seinen Augen nicht, denn er sah alles kopfüber.

Er versuchte, nach seinem Sohn zu rufen, brachte jedoch nur ein Flüstern zustande.

Es kam keine Antwort.

Ron versuchte, sich umzudrehen.

Seine rechte Schulter schien vor Schmerzen zu explodieren.

Warme Flüssigkeit tropfte auf seinen Kopf.

Rons Augen drehten sich zur Fensterseite und er sah eine Straßenlaterne, die auf dem Kopf stand.

Langsam begriff er, dass sich sein Wagen überschlagen hatte.

Er schaffte es mit Schmerzen, seinen Kopf etwas zur Beifahrerseite zu bugsieren.

Er sah auf dem Sitz nur noch Glassplitter.

Ansonsten war er leer.

Wo ist mein Sohn?

»Daniel«, krächzte er.

Entsetzen stieg in Ron auf.

Er musste aus dem Wagen raus.

Er musste Daniel suchen.

Er versuchte sich, trotz der höllischen Schmerzen, zu bewegen, doch er war mit seinen Beinen eingeklemmt.

Er musste hier raus.

Er musste zu seinem Sohn.

»Daniel ... Daniel ... Hilfe. Warum hilft mir denn keiner?«, wimmerte er.

Dann hörte Ron, wie weiteres Glas zersplitterte.

Ein umgedrehter Stiefel zertrat Scherben an Rons Fensterseite.

Ein großer Schatten verdeckte die Straßenlaterne.

»Ich helfe dir.« sagte eine Männerstimme.

Zwei Arme packten Ron unter den Armen.

Schon allein das bereitete ihm Höllenqualen.

Aber Ron bis die Zähne zusammen, bis es knackte.

Sein Retter könnte zögern, wenn er seine Schreie hörte.

Ron musste aus dem Wagen raus. Er musste zu seinem Sohn.

Zumindest der erste Wunsch wurde ihm erfüllt, als ihn der Mann grob aus dem Wagen zerrte und auf den Asphalt schleuderte.

Ron lag auf dem Rücken und sah einen jungen Mann mit Scheitel breitbeinig über sich stehen.

Dieser grinste ihn an. Blut tropfte von seiner Stirn.

Der junge Mann fuhr mit seiner Hand darüber, um sie anschließend abzulecken.

»Wo ist mein Sohn?«, keuchte Ron.

Hassos Grinsen wurde breiter, nachdem er fertig geleckt hatte.

»Du wirst gleich bei ihm sein.«

Dann sah Ron noch dessen Stiefel auf seinen Kopf zurasen, bevor bei ihm mit einem weiteren Knall das Licht ausging.

9

»Siehst du den Mann mit dem Telefon?«
Ich nickte.
»Was meinst du? Ist er in der Vergangenheit, in der Zu-
kunft, oder in der Gegenwart?«, fragte mich Pia, nachdem
wir eine Weile neben der Spree gelaufen waren.
Wir hatten uns zu einem Spaziergang verabredet. Pünkt-
lich hatten wir uns beide an der S-Bahn Haltestelle Berlin
Bellevue eingefunden.
Am Bahnhof trafen wir auf eine Gruppe junger Mädchen.
Sie deuteten auf uns beide und fingen an zu kichern.
Zwei von ihnen warfen mir schmachtende Blicke zu.
»Siehst du. Du bist jetzt berühmt« ‚flüsterte Pia.
Nachdem wir am Amtssitz des Bundespräsidenten vorbei-
gelaufen waren, wanderten wir am Ufer der Spree ent-
lang.
Die Sonne schien und ihre Strahlen ließen das Wasser
des Flusses glitzern.
Es war ein warmer Tag.
Endlich hatte der Frühling seinen Einzug gefunden.
Nun sah ich mir also einen Anzugträger mit Headset an,
der hektisch mit seinem Handy kommunizierte.
Dabei grinste er breit und legte erwartungsvoll seinen
Kopf schief.
»In der Gegenwart?«, schätzte ich.
»Bist du sicher?«
»Na ja. Er hört zu, ist aufmerksam und ...«
»Aber siehst du, wie er die ganze Zeit in die Luft guckt
und seine Stimme hebt?«
Ich nickte wieder.
»Fast so als würde er sich was davon versprechen.«
Wir liefen an einem weiteren Mann vorbei, der in Lumpen
mit ein paar Schnapsflaschen eingesunken auf einer
Parkbank saß.
»Was meinst du bei ihm?«, fragte mich Pia.
»Der ist hinüber.«
»Und in welcher Zeit lebt er?«
»Gegenwart.«

Pia klopfte mir anerkennend auf die Schulter.

»Richtig. Sieh dir seine Körperhaltung an. Sein Blick ist eingesunken. Seine Augen nach innen gerichtet.«

Die letzten Worte flüsterte sie, dann nahm sie meine Hand und drückte sie.

Alles kribbelte bei mir.

Mein Herz begann höherzuschlagen.

Ihre Hand war noch wärmer als die aufkeimenden Temperaturen.

»Ist schon lange her, nicht wahr?«, frage Pia leise.

»Was?«

»Berührungen. Nähe. Das macht doch was mit einem. Wir sind ja schließlich soziale Wesen.«

Ich nickte und wir liefen Hand in Hand weiter.

»Du arbeitest also die ganze Zeit im Supermarkt?«

»Was heißt hier die ganze Zeit? Ich arbeite da eher halbtags und ...«

»Und räumst Erbsendosen ein«, ergänzte sie und lachte.

»Unter anderem ja.«

»Und macht es dir Spaß?«

Ich stieß scharf Luft aus. »Na ja. Die Arbeit an sich jetzt nicht direkt. Aber ich bin unter Menschen. Ich habe immer was zum Beobachten. So wie eben.«

Eigentlich hasste ich meinen Job wie die Pest und Corona zusammen, aber das musste ich ihr ja nicht unbedingt auf die Nase binden. Wäre Sonja nicht die ganze Zeit so eine coole Kollegin gewesen, hätte ich den Job schon längst hingeschmissen.

In letzter Zeit war sie etwas wortkarger. Gerade bei mir. Vielleicht hing das mit Pia zusammen. Sie wusste, dass wir uns trafen.

»Willst du das ewig machen? Oder hast du noch andere Ziele?«

Immer diese Fangfragen. Ansonsten war sie ja ganz süß.

Und wunderschön.

Es war tatsächlich eine Fangfrage. Ich hatte keine Ziele. Keinen Fahrplan für meine Zukunft.

»Ich lebe in der Gegenwart«, sagte ich und versuchte Entschlossenheit in meine Stimme zu legen.

Pia wieherte vor Lachen.

»Nein! Das tust du nicht!«

»Wo denn sonst?«, fragte ich etwas irritiert.

Sie musterte mich von oben bis unten.

»Wohl eher Vergangenheit.«

»Wie kommst du darauf?«

»Dein Blick ist nach innen gerichtet. Nicht so wie bei dem Mann eben auf der Parkbank. Aber ich würde dich schon eher als melancholischen Menschen bezeichnen. Vielleicht auch etwas phlegmatisch.«

»Wow«, sagte ich.

Aber sie hatte wohl recht. Die sterbende Mutter und ihre Tochter ließen nicht zu, dass ich in der Gegenwart leben durfte.

Immer wieder griffen sie nach meinem Herz und zogen mich wieder in die Tiefe, wenn ich auftauchen wollte.

Aber das musste Pia ja alles nicht wissen.

»Woran denkst du?«, fragte sie mich.

»Nichts Wildes«, antwortete ich ihr.

»Schade«, sagte sie und lächelte.

Ich schwieg.

»Ich wollte dir nicht zu nahe treten. Tut mir leid.«

»Mach dir keinen Kopf«, sagte ich und lächelte dünn.

»Hat man dir schon mal gesagt, dass du arrogant bist?«, fragte mich Pia.

Das traf mich überraschend. »Was?«

»Ich halte dich natürlich nicht für arrogant. Keine Sorge. Aber du bist so still und kommst etwas kühl rüber und unfreiwillig ironisch.«

Da könnte sie recht haben, dachte ich.

»Das hat nichts mit dir zu tun. Ich bin sehr froh, dass wir uns getroffen haben. Du tust mir gut«, sagte ich schnell.

»Danke. Ich bin auch froh und ich weiß, dass es nichts gegen mich ist. Aber ich glaube, du hast deine Leichen im Keller.«

Aua.

Diese Bemerkung war verstörend für mich.

Weil es der Wahrheit sehr nahekam.

»Habe ich auch. Hat wohl jeder. Du willst wohl nicht dar-

über reden.«
Nein, will ich nicht.
»Ist nicht schlimm. Lass dir Zeit. Ich brauche auch meine Zeit, um über die Vergangenheit zu sprechen.«
Dankbar sah ich sie an.
Es tat mir gut, dass sie hauptsächlich redete und die Initiative ergriff.
»Mir wird auch oft vorgeworfen, dass ich arrogant bin.«
Nun musterte ich sie neugierig.
»Warum das denn? Du bist doch ein offener und sympathischer Mensch«, sagte ich und meinte es auch so.
»Ja. Aber ich mache mein eigenes Ding als Influencerin. Ich bin eine Selbstdarstellerin. Ich verkaufe zwar auch Produkte wie Hautcremedosen. Aber hauptsächlich betreibe ich Selbstvermarktung. Das wirkt auf viele Menschen narzisstisch und vielleicht haben sie auch recht. Ich möchte gesehen werden.«
»Wie kommt das?«, fragte ich neugierig.
»Ich möchte etwas auf der Welt hinterlassen. Ich möchte nicht einfach so irgendwann sterben und verschwinden. Ich möchte etwas bewegen.
Deswegen habe ich mich auch im Markt so aufgeregt. Wie gesagt, Ungerechtigkeit macht mich wütend. Ich habe mir einen Namen gemacht und nun habe ich eine Stimme und kann schreien«, sagte Pia und lachte wieder.
Ich mochte ihr Lachen. Ihre wunderschönen Grübchen kamen so noch mehr zur Geltung.
»Das find ich gut. Ich …«, ich wollte sie gerade loben, doch sie war noch nicht fertig.
»Das kommt von früher. Meine Mutter. Sie wurde nie gesehen. Sie stand immer im Schatten meines Vaters. Ich habe sie dafür verachtet. Ich habe sie für schwach gehalten. Das war sehr ungerecht von mir. Denn sie war einfach nur ein Opfer ihrer Zeit. Sie hatte einfach nur das Klischee eines klassischen Rollenbilds erfüllt, welches so typisch ist für unsere sexistische Gesellschaft.«
»Hat sie sich um dich gekümmert?«, fragte ich.
»Mehr oder weniger«, antwortete sie.
»Hast du noch Kontakt zu deinen Eltern?«

»Sie sind beide tot«, sagte sie knapp und sah nach vorne.

»Das tut mir leid.«

»Danke. Musst dich aber nicht damit belasten.«

Als wir das Regierungsviertel am gegenüberliegenden Ufer erblicken konnten, joggte ein junger Mann oberkörperfrei an uns vorbei. Er hatte ein weißes Bandana um seine vollen schwarzen Haare geschlungen. Schweiß tropfte ihm von seinem dünnen Oberlippenbart.

Sein Blick war wachsam aber geradeaus gerichtet, so wie der von Pia.

Ich deutete auf ihn.

»Der lebt aber in der Gegenwart, oder was meinst du?«

Sie legte mir einen Finger auf die Lippen.

»Warte. Ich kenn den.«

Ich sah dem jungen Sportler nach.

Er hatte breite sehnige Oberarme, eine sehr schmale Taille und einen muskulösen Rücken.

»Das ist Zarjo. Den kenne ich«, flüsterte Pia, als der Mann etwas weiter entfernt von uns lief.

»Woher?«, fragte ich und konnte meine Eifersucht nur schwer unterdrücken.

Nun war Pias Blick nach innen gerichtet. Scheinbar befand sie sich jetzt selbst in der Vergangenheit.

»Er ist mein Ex. Wir waren lange zusammen.«

»Und? War es schön?«, fragte ich und merkte, dass ich dabei giftig klang.

»Nein. Absolut nicht. Er hat mir sehr wehgetan«, sagte sie leise.

»Was hat er getan?«

»Er hat mich missbraucht.«

Ich musste schlucken. »Was? Das ist ja …«

»Nein! Nicht, das, was du denkst. Emotional hat er mich missbraucht.«

»Ach so.«

Nun war Pia pikiert. »Nein, nicht ACH SO! Das Emotionale wird immer unterschätzt. Es hat mir aber viel mehr wehgetan als seine Schläge.«

»Mein Gott.«

»Ist alles okay. Lass dich nicht davon triggern. Mach dich

nicht fertig damit. Ich war selber schuld.«

»Nein, warst du nicht. Rede dir so was doch nicht ein.«

»Doch. War ich!«, widersprach mir Pia und ihre Stimme wanderte ein paar Tonlagen höher. »Ich habe mir diese Typen ausgesucht. Immer wieder. Die Badboys. Die haben mich immer fasziniert, weil die solche Vibes haben, die ich halt lange Zeit mochte. Ist nicht der Erste, mit dem ich solche Nummern durch habe.«

»Habe ich auch solche Vibes?«

Pia brach wieder in lautes Gelächter aus. »Du? Nein! Absolut nicht. Du bist eher durchschnittlich. Aber interessant bist du trotzdem irgendwie. Du hast Potenzial. Wenn du willst, helfe ich dir, es freizulegen.«

»Ach so«, sagte ich und wollte wissen, was für ein Potenzial sie wohl in mir sah.

Ich bemerkte, dass allein der Spaziergang meiner Ausdauer schon zugesetzt hatte.

Schnaufend stützte ich mich auf meine Knie.

»Alles okay?«, fragte mich Pia skeptisch.

»Ja, ja«, sagte ich leise.

»Wollen wir uns auf die Wiese legen?«, fragte sie mich dann, führte mich dabei aber schon zielgerichtet an der Hand zu einer Stelle unter einer Trauerweide.

Wir legten uns hin und sie schmiegte sich an mich.

Ich spürte ihren warmen Körper an meiner Seite.

»Entspann dich. Genieße es einfach. Bleib in der Gegenwart«, sagte sie und ihr schöner Mund näherte sich meinen Lippen.

Dann küssten wir uns.

Es fühlte sich gut an.

10

Ron rief nach seinem Sohn. Er wollte sich persönlich davon überzeugen, dass es ihm gut ging.

Schwester Beate hatte ihm schon versichert, dass es Daniel weitaus besser ging als ihm selbst.

Daniel war mit einem aufgeschlagenen Kinn und ein paar blauen Flecken davongekommen.

Rons Schulter hingegen war durch den Aufprall ausgekugelt worden und er hatte zahlreiche Schnittwunden und Prellungen abbekommen.

»Bringt mir meinen Sohn! Ich will ihn sehen!«, schrie er ihr nach, als sie davon eilte, um dem coronabedingten Ansturm an Patienten gerecht zu werden.

»Meine Fresse!«, stöhnte sein Bettnachbar Georg und hielt sich demonstrativ die Ohren zu.

Kurz darauf kam eine jüngere Krankenschwester in das Zimmer.

»Herr Kramer. Sie haben Besuch«, sagte sie zu Ron.

Ron seufzte vor Erleichterung und Beklemmung zugleich.

Entweder war es seine Frau oder sein Sohn, da war er sich sicher.

Er hoffte auf Letzteres. Er hatte nämlich noch keine Ausrede parat für den gestrigen Vorfall.

Dann schlenderte jedoch ein junger Mann herein, den Ron nur zu gut kannte.

»Du!«, knurrte er.

»Guten Morgen!«, flötete Hasso.

»Ich habe Ihnen doch schon gesagt, dass Sie Ihre Maske über die Nase ziehen sollen. Hier liegen Patienten«, sagte die Krankenschwester zu Rons Besucher, eilte dann aber gehetzt davon, ohne zu kontrollieren, ob er ihre Anweisung befolgte.

»Halt die Fresse«, zischte Hasso ihr nach und ließ seine Maske unten.

Hasso fixierte Ron, während er sich eine Haarsträhne aus dem Gesicht wischte.

»Tatsächlich ist hier viel mehr los, als ich dachte.«

»Bist du sein Sohn?«, fragte Georg ihn müde.

Hasso grinste. »Vielleicht?«

Georg klatschte in die Hände.

»Na endlich! Dann lass ich euch zwei Mal ungestört.«

Kurz darauf hörten die beiden Georgs Stimme im Flur, als er einem Krankenpfleger nachlief.

»Kann ich nicht endlich mal ein Einzelzimmer bekommen? Ständig werde ich hier vollgelabert!«

Hasso trat näher an Ron heran, der immer noch zu große Schmerzen hatte, um sich zu bewegen.

»Wie gehts denn so?«

»Du mieses Schwein!«, zischte Ron. »Du hast uns gerammt. Wir wären fast draufgegangen.«

Hasso nickte. »Ja, wärt ihr auch, wenn ich euch nicht ins Krankenhaus gebracht hätte. Tut mir leid für diesen Unfall. Ich werde das mit der Versicherung klären.«

»Du Bastard. Das war ein feiger Mordversuch. Auch meinen Sohn hättest du fast umgebracht. Er ist ein Kind! Wie krank kann man denn sein? Mieser Wichser!«, rief Ron gepresst.

»Es war nie meine Absicht, euch zu töten.«

»Du gehst auf jeden Fall in den Bau dafür.«

Hasso beugte sich über Ron, bis sein Gesicht nur noch Zentimeter von dessen Ohr entfernt war.

»Ach ja?«, flüsterte er. »Dann kommst du gleich mit. Ich habe gesehen, was du mit Max gemacht hast. Ich wohne auch in der Straße. Ich habe alles vom Fenster aus gesehen und gefilmt. Du kranker Psycho. Du hast meinen Freund ins Koma geschickt. Er wird wahrscheinlich nie wieder aufwachen.«

»Was willst du?«

Hasso zuckte mit den Schultern. »Erst einmal nichts. Halt einfach deine Schnauze und ich halt meine. Falls Max noch mal irgendwann aufwachen sollte, werde ich ihn überzeugen, dass auch er dichthält. Ich denke, seine anderen Nachbarn haben nichts gesehen. Die sind alle mit sich selbst beschäftigt. Das Video werde ich mit seinen zahlreichen Kopien aufheben. Für alle Fälle.«

»Fick dich!«, knurrte Ron.

Hasso sah ihn aufrichtig verletzt an. »Was ist eigentlich dein Problem, alter? Wieso machen alle so einen Aufstand? Nur weil wir keine Masken getragen haben und uns nicht dieser verlogenen Diktatur beugen?«
Ron sah ihn ungläubig an.
»Du denkst ernsthaft, darum geht es mir? Du bist zwar eine hässliche Missgeburt, aber mir ist es so was von scheißegal, ob du eine Maske trägst oder nicht. Ich wische mir mit diesen lächerlichen Maßnahmen den Arsch ab. Ich lasse mir immer Atteste von einem Arzt verschreiben, dann kann ich machen, was ich will«, brummte Ron.
Neugier leuchtete in Hassos Augen auf. Gerade wollte er sich nach dem Arzt erkundigen, da sprach Ron schon weiter:
»Dir geht vielleicht einer dabei ab, ohne Maske durch den Markt zu rennen. Bist ein ganz harter Kerl, was? Nein, bist du nicht. Du bist nur ein kleiner Pickel, aber hältst dich für den großen Rebellen. Für mich ist das ganz selbstverständlich. Ich trage nie eine Maske, wenn ich einkaufen gehe. Das wird bei mir auch nie ein Thema sein.«
»Worum geht es dir denn dann, Mann? Warum hast du Max so zugerichtet?«, frage ihn Hasso erstaunt.
»Ihr habt Pia bedroht.«
Hasso zog eine dämliche Grimasse.
»Hä? Wovon redest du?«
»ICH REDE VON PIA! Du dumme Sau! Die Blonde, die du ums Auto gejagt hast. Ist alles bei Instagram.«
Hasso stöhnte. »Ach, du meine Güte. Wegen der blöden Nutte ziehst du so eine Nummer ab?«
Wütend wollte Ron sich aufrichten.
»Nenn sie nicht ...«
Doch Hasso drückte seine Hand auf Rons linke Schulter. Die Schulter, die der Arzt vor wenigen Stunden unter Schreien seines Patienten wieder eingerenkt hatte.
Ron brüllte auf.
Hasso legte ihm einen Finger auf die Lippen.
»Ganz ruhig, mein Schatz. Sie ist eine kleine verzogene Bitch und schert sich einen Dreck um dich.«

Hasso kramte mit seiner freien Hand sein Handy hervor, scrollte drüber, bis er Ron ein Foto auf Instagram zeigte.

Auf dem Bild machte Pia einen Krankenhausbesuch.

Allerdings war sie nicht bei Ron.

Sie zog einen Kussmund und hatte dabei ihren Arm um einen debil grinsenden Typen namens Lorenz gelegt.

»Wie du siehst, hat das Bild Tausende von Likes. Davon wird es bald noch mehr geben. Ihre Welt dreht sich nicht um dich. Das hat sie noch nie. Sie ist jetzt mit diesem Waschlappen zusammen.«

Ron kniff die Augen zusammen.

Das war ja furchtbar.

Er lag hier ganz alleine.

Nur ein Besucher war hier und den hasste er aus tiefstem Herzen.

Sein Sohn lag auf einer anderen Station.

Nicht mal seine Frau war da.

Und dieser Knirps durfte sich an Pia erwärmen.

Seiner Pia.

»Ich mag dich, trotz allem, was du getan hast«, sagte Hasso und lächelte gnädig. »Falls du mal Dampf ablassen willst, kannst du dich gerne unserem Widerstand anschließen.«

Dann verließ Hasso das Zimmer und ließ einen resignierten Ron zurück.

Dieser stöhnte und schlug seinen Hinterkopf auf das Kissen.

Was sollte er machen?

Er würde es erst einmal hinnehmen müssen.

Harmlos sah ihr neuer Freund ja aus.

Vielleicht war der Typ ja auch ganz gut für sie.

Falls nicht, würde Ron sich auch um ihn kümmern müssen.

Er würde ihn in Zukunft genau im Auge behalten.

Würde Pia nur einmal wegen diesem Lorenz weinen müssen, würde Ron ihm seine Augen nehmen.

Eine Träne. Nur ein winzig kleines Tränchen von ihr und Ron würde ihn vernichten.

Ein Fehler. Nur ein kleiner Fehler und Lorenz war weg.

11

Ich hörte die Dusche prasseln, während ich auf Pia wartete.

Ich saß in einem großen Apartment mit riesiger Dachter-
rasse und einem fantastischen Ausblick auf die Stadt.

Der große Flachbildschirmfernseher nahm fast die ganze
Wand ein.

Auf den Schränken standen ein paar grinsende Buddhafi-
guren und im Bücherregal einige Ratgeber über spirituel-
le Reisen und Selbstvermarktung.

Ich saß in einem roten Ledersofa und fühlte mich relativ
entspannt. Ein Weinglas und eine Flasche trockener Mer-
lot standen vor mir auf dem Tisch.

Ich sollte mich ruhig bedienen, meinte Pia, bevor sie
unter die Dusche hüpfte.

Nach einer Stunde stand sie dann im Morgenrock vor mir,
der offen stand und mir eine atemberaubende Aussicht
bot.

Neben ein paar Blumentattoos und chinesischen Schrift-
zeichen sah ich den Ausschnitt eines gut geformten Körpers mit festen Brüsten, die sie nicht mit einem BH bedeckt hatte.

»Gefällt dir, was du siehst?«, frage sie mich unvermittelt.

»Oh ja«, antwortete ich gedehnt.

Sie zückte ihr Handy und zeigte mir ein Bild auf Instagram.

Ich sah sie und mich am Krankenhausbett kuscheln. Das
Bild hatte Tausende von Likes und etliche Kommentare,
Herzchen und Glückwünsche darunter.

»Du bist jetzt berühmt«, flüsterte sie.

Sie zeigte mir meinen Account, den vorher kaum jemand
wahrgenommen hatte.

Aus 123 Followern waren mit einem Schlag 10859 Abon-
nenten geworden.

»Wow«, sagte ich.

Pia zog eine gekränkte Schnute. »Mehr fällt dir dazu
nicht ein?«

»Ich bin sprachlos«, sagte ich.

Sie warf mir einen tadelnden Blick zu und schenkte mein Weinglas voll.

»Du formulierst nicht gerne ganze Sätze, oder?«

Ich knirschte mit den Zähnen. »Es tut mir leid. Ich bin …«

»Du bist etwas schüchtern und redest nicht gerne. Weiß ich doch. Das ist nicht schlimm. Mach, wie du dich wohlfühlst. Lass die Maske fallen. Sei authentisch. Ich zum Beispiel rede sehr gern«, sagte sie und lachte.

Ich versuchte zu Lächeln und sah an Pias Reaktion, dass es eine komische Grimasse geworden war.

Sie kicherte.

»Trink aus. Du musst dich entspannen.«

»Das Glas ist doch randvoll. Ist doch sicher ein teurer …«

»Ja«, unterbracht sie mich, »lass das mal meine Sorge sein. Ich hab noch genug Flaschen im Keller stehen. Trink auf ex, na los!«, befahl sie mir.

Ich befolgte ihren Befehl. Obwohl der Wein einen wohlig blumigen Geschmack hatte, zog sich mir der Magen zusammen.

Der Alkohol stieg mir in den Kopf und sorgte für erste Gehirnerweichungen.

Doch Pia schenkte mir bereits nach.

»Trink weiter. Los!«, sagte sie scharf.

Auch das Glas leerte ich schnell und war nur noch eine sabbernde Version von mir selbst.

Pia war für mich noch schöner geworden, falls das überhaupt noch möglich war.

Sie lächelte und ich sah wieder ihre wunderschönen Grübchen nach oben wandern, als sie sich rittlings auf mich setzte.

»Warum reden, wenn wir auch schönere Sachen machen können?«, hauchte sie mir ins Ohr und ihre Hand wanderte unter meine Hose.

Sie schälte sich aus ihrem Morgenrock und drückte ihre Brüste in mein Gesicht.

Mir blieb quasi nichts anderes übrig als an ihnen zu saugen.

»Oha. Das ist ja mal was Neues«, sagte sie, als sie mein

Glied umfasste.

Sie stöhnte auf, als ich mit meinen Zähnen zärtlich an ihren Brustwarzen zog.

Dann wandte sie sich wieder meinem besten Stück zu.

»Boah! Das nenn ich mal ein Kaliber.«

Ich küsste ihren warmen Hals, während ihr Haar mir ins Gesicht fiel.

Pia zog die Hand aus meiner Hose und zog mir das T-Shirt aus.

Sie betrachtete meinen mageren Körper.

»Du bist sehr schlank. Das gefällt mir.«

Mir gefiel es, dass sie in allem etwas Gutes sah, während ich meinen Mund auf ihre Lippen drückte.

Sie befreite sich nach einiger Zeit von meinem Kuss.

»Du bist so bodenständig wie ein Baum. Sei mein Baum. Ich möchte mit dir verwurzelt sein. Lass uns Liebe machen. Trage mich ins Schlafzimmer!«, rief sie mit hoher Stimme und stöhnte wieder.

Ich hob sie hoch.

Mir wurde schwindelig.

Wir beide fielen wieder auf die Couch.

Ich landete auf ihr.

Pia ächzte.

»Dann eben hier.«, seufzte sie dann.

Der Alkohol ließ auch meine Wollust steigen.

Ich biss ihr zärtlich in den Hals.

Dann umspielte meine Zunge wieder ihre Brustwarzen.

Wanderten ihren Bauch hinab.

Einen Moment starrte ich auf ihre ausgeprägten Bauchmuskeln, dann ließ ich meine Zunge weiter runter über ihren tellerförmigen Nabel bis zwischen ihre Beine gleiten.

Sie stieß kurze Schreie raus, als meine Zunge sie untenherum beglückte und kraulte mir dabei durchs Haar.

Nach dem Vorspiel wollte ich sie nach einem Kondom fragen.

Doch das dauerte ihr zu lange.

»Ist egal, ich nehm die Pille!«

Durch meinen Pegel reichte mir diese Auskunft und ich

fädelte mich ein.
Ihre langen Fingernägel gruben sich fest in meinen Rücken, als ich meine Hüfte kreisen ließ.

12

Ron trank ebenfalls Wein, als er von einem einsamen Parkplatz aus mit seinem Fernglas das Pärchen beim Liebesspiel beobachtete.

Dieser lag neben einer erhöhten Straße. Rechts davon befand sich ein Wohnblock. Links ein Busbahnhof.

Während Ron an seinem Weinglas nippte, bekam Daniel seine heiß ersehnte Cola.

Schließlich musste der Junge gerade so viel durchmachen, da brachte es Ron nicht übers Herz, ihm sein Zuckergetränk zu verwehren.

»Was machst du da eigentlich, Papa?«

»Dein Vater ist ein Detektiv.«, flüsterte Ron geheimnisvoll.

Schon wieder war Cynthia bei einem Geschäftsessen und schon wieder hatte der Babysitter abgesagt.

Er wunderte sich mittlerweile. In welchem Restaurant sollte Cynthia denn überhaupt essen können, bei den Maßnahmen.

Irgendetwas stimmte da nicht.

Das musste er herausfinden und er musste sich langsam mal nach einem neuen Babysitter umsehen.

Jetzt wollte Daniel sein Fernglas haben.

»Ich will auch mal Detektiv spielen.«

Ron beobachte gerade Lorenz, wie er Pia von hinten beglückte.

»Dafür bist du noch zu jung, Daniel. Siehst du den alten Fußball beim Sperrmüll?«

Daniel sah sich um, dann nickte er.

»Geh damit mal spielen.«

Daniels Fuß war fast wieder in Ordnung. Er humpelte noch ein kleines bisschen, aber jetzt war es wichtig, dass er seinen Fuß wieder bewegte.

Daniel nahm den Fußball und ging um die Ecke zum Wohnblock.

Ron sah gerade Pia dabei zu, wie sie Lorenz ritt, bevor dieser sie auf den Rücken drehte und beide aus seinem Sichtfeld verschwanden.

Nun war alles seiner Fantasie überlassen.

Ron war enttäuscht, wütend und notgeil zugleich.

Eine Mischung, die er gleichzeitig liebte und hasste.

Er spannte sich so sehr an, dass das Weinglas in seiner Hand explodierte.

Das zersprungene Glas zerschnitt seine Haut.

Ron ließ das kalt.

Er ließ die blutende Hand in seine Hose wandern und nahm dabei ein paar Scherben mit.

Warmes Blut lief ihm die Beine herunter, als er begann, sich selbst zu befriedigen.

Ron törnte das zusätzlich an.

Das Leben ist Schmerz.

Gerade als er sich vorstellte, wie er Lorenz die Luft ab-drückte und dabei kurz vor der Ejakulation stand, hörte er seinen Sohn nach ihm rufen.

Ron zog die Hand aus seiner Hose und lief um die Ecke.

Da sah er einen älteren Mann, der Daniel am Ohr aus einer Einfahrt zog.

»Was schleichst du hier so rum!«, fuhr der Mann ihn an.

Ron zog sich seine Mütze tiefer ins Gesicht.

»Lassen Sie meinen Sohn los.«

Der Mann drehte sich zu ihm um.

Er trug einen ausladenden Schnurrbart und eine silberne Haarmähne.

»Dieser Bengel hat ...«

»Sie lassen jetzt sofort den Jungen los!«, brüllte Ron ihn an.

»Er kann doch nicht einfach über fremde Grundstücke ...«

»Verdammt noch mal! Er ist ein Kind! Er wird doch noch spielen dürfen!«, unterbrach ihn Ron wieder.

»Sie sollten Ihren Jungen mal erziehen. Dieser Lümmel hat ...«

»ER IST KIND! VERDAMMTE SCHEISSE!«, kreischte Ron, bevor er dem Mann eine Kopfnuss verpasste.

Der ältere Herr taumelte überrascht nach hinten, während Ron seine Fäuste erhob.

»Daniel. Geh zum Wagen. Sofort!«

»Aber ...«, piepste Daniel.

»Na los! Mach schon! Papa ist beschäftigt!«, fuhr sein Vater ihn an.

Als Daniel um die Ecke lief, wandte sich Ron wieder seinem Opfer zu.

Doch da explodierte auch schon eine Faust in seinem Gesicht.

Ron taumelte verblüfft nach hinten und schmeckte Blut auf seinen Lippen.

Nach einem weiteren Schlag auf sein Auge traf ein Aufwärtshaken Rons Kinn. Er prallte gegen einen Restmüllcontainer.

»Ich hab mal geboxt, meine Junge«, sagte der ältere Herr, der nun auch seine Fäuste erhoben hatte. »Du hast dir den Falschen ausgesucht.«

Der Mann mit der silbernen Haarmähne schickte eine weitere Faust nach, die Rons verletzte Schulter traf.

Dieser brüllte vor Schmerz auf, bevor er dem Mann seinen Fuß zwischen die Beine rammte und ihn anschließend an die Wand drückte.

Ron packte den wimmernden Mann mit beiden Händen ins Gesicht und schmetterte wutentbrannt seinen Hinterkopf gegen die Mauer.

Während er sich Lorenz dabei vorstellte, rammte er weiter den Kopf des Mannes gegen die Wand, bis es knirschte.

Er war sich sicher, dass Pia ihm bald die Erlaubnis geben würde, sich um ihren Freund zu kümmern.

Gib sie mir, flehte er innerlich.

Dann packte er den Mann am Ohr und zog ihn zu einer noch steileren Treppe als das letzte Mal.

Sie führte zu einem Spielplatz.

»DU BIST EIN HUGO UND ICH LEISTE JETZT WIDERSTAND!«, schrie er.

»ICH LEISTE WIDERSTAND!«

Ron war sich sicher, dass seine Rufe aus mehreren Richtungen wie ein Echo erwidert wurden.

Dann warf er auch diesen Mann die Treppe herunter.

13

Ich stand auf einer großen Wiese.
Das kleine, blonde Mädchen vor mir weinte.
Sie hielt zwei Puppen in ihrer Hand.
Bei einer fehlte der Kopf.
»Ist alles in Ordnung?«, fragte ich.
Sie schluchzte wieder, aber antwortete nicht.
Stattdessen nahm sie meine Hand und führte mich weinend von der Wiese herunter.
Wir liefen durch einen Tannenwald.
Die dichten Nadelbäume zerkratzten meine Hände.
Zerkratzten mein Gesicht.
Dem Mädchen schienen die Bäume nichts anzuhaben.
Sie führte mich weiter schniefend durch den dunklen Wald, bis ich vollständig die Orientierung verloren hatte.
Irgendwann teilten sich die Bäume wieder und gaben eine Lichtung frei.
Auf der Lichtung lag eine Frau auf dem Rücken und röchelte.
»Hilfe«, sagte das Mädchen und sah mich mit großen Augen an.
»Hilfe.«
Ich beugte mich über die röchelnde Frau.
Sie schnappte gierig nach Luft, schien jedoch keine mehr zu bekommen.
Ich versuchte sie auf die Seite zu drehen, doch sie war schwer wie ein Stein.
Plötzlich schoss ihre knochige Hand hervor und packte wie ein Schraubstock meinen Arm.
Ihr runzliges Gesicht verzerrte sich und sie starrte mich mit tellergroßen Augen anklagend an.
Röchelnd zog sie mich näher an sich heran und ein fauliger Geruch stieg in meine Nase.
Während ich immer mehr zu Boden gezogen wurde, richtete sich die Frau auf, bis ihr Gesicht nur noch wenige Zentimeter von meinem eigenen entfernt war.
Plötzlich lag ich auf dem Rücken und sie war über mir.
Ihre Hand umschloss meinen Mund wie eine Klaue und

nun war ich es, der röchelte.
Sie drückte mein Gesicht zusammen, während sie kräch-
zende Geräusche von sich gab.
Das Mädchen weinte immer noch. Ihre Stimme wurde da-
bei lauter.
Das Weinen schriller.
»Hilfe! Hilfe!«
Die runzlige Hand der Frau wurde immer größer, während
mein Gesicht immer kleiner wurde.
Die Schwärze nahm zu. Die Luft blieb mir weg.
Ich wachte auf und merkte, dass mir jemand ein Kissen
aufs Gesicht drückte.

Das Kissen umschloss mein Gesicht. Jemand hockte auf
meinem Brustkorb. Ich hörte gedämpfte Schreie von Pia.
»Hör auf!«, schrie sie. »Hör auf!«
Ich wusste nicht, wie mir geschah.
Ich hatte das Gefühl, meine Lungen würden jeden Mo-
ment explodieren.
Panisch begriff ich, dass mich jemand ersticken wollte,
und Pia schrie wie am Spieß.
»Hör auf damit!«, brüllte sie mit hoher Stimme.
Wahrscheinlich kämpfte sie gerade mit meinem Peiniger.
Verzweifelt schlug auch ich um mich.
Der Angreifer boxte von oben auf das Kissen.
Da packte ich die Unterarme meines Peinigers und
quetschte sie, bis er aufjaulte.
Es folgten weitere Schläge von oben, bevor das Kissen
wieder fest auf mein Gesicht gedrückt wurde.
Mir blieb kaum noch Luft.
Kratzend bekam ich dann ein Stück Haut von meinem An-
greifer zu fassen und kniff zu.
Ein markerschütternder Schrei ertönte, dann ließ das Ge-
wicht von meinem Brustkorb ab.
Das Kissen lockerte sich.
Wild schlug ich es zur Seite.
Dann ging auch schon das Licht an.
Außer Pia sah ich keinen anderen Menschen im Schlaf-
zimmer.

Nur sie stand vor mir und sah mich mit wilden Augen an.
Dabei rieb sie sich eine Stelle an ihrem Bauch.
»Du hast mir wehgetan!«, zischte sie und ihr Blick verbrannte mich.
»Pia ... was?«, stammelte ich und musste mich selbst
unterbrechen, weil ich nach Luft schnappen musste.
»Du hast die ganze Zeit gesägt.«
»Was?«
»Du hast geschnarcht! Stundenlang! Wie ein Werwolf!
Ich konnte nicht schlafen! Es war so nervig! Ich habe versucht, dich zu wecken! Ging nicht!«
Ich war fassungslos. »Und deswegen ... deswegen
drückst du mir ein Kissen aufs Gesicht?«
»Ja!«, sagte sie vorwurfsvoll, als wäre das die einzig logische Konsequenz.
»Ich wäre fast erstickt!«, rief ich.
»Ach, komm! Hör doch auf!«
»Ich habe keine Luft mehr bekommen!«
»Ja, das war auch voll nervig! Dein Geröchel!«
»Das kannst du doch nicht machen!«, brüllte ich.
»Du schnarchst, du röchelst, du sabberst mich voll!« rief
Pia mit schriller Stimme.
»Du ... du hast mir die Luft abgedrückt!«, zischte ich.
»Dann hör auf zu Schnarchen!«, schrie sie.
»Wie ... wie soll ich das denn steuern?«
Sie warf hilflos die Hände in die Luft.
»Das ist dein Problem. Lass dir was einfallen. Du kannst
jetzt gehen.«
Trotz des Vorfalls wollte ich das eigentlich nicht.
»Pia ... äh ...«
»Was?!«, fragte sie wütend.
Obwohl es für mich überhaupt keinen Sinn machte, fing
ich an, mich für mein Schnarchen zu entschuldigen.
»Es ... es tut mir wirklich leid.«
Ich streckte eine Hand nach ihr aus.
Sie wischte sie weg.
»Fass mich nicht an!«
Eine ganze Weile stand ich ratlos hinter ihr und wusste
nicht, was ich sagen oder tun sollte, um die Situation zu

entschärfen.

Sie starrte immer noch aus dem Fenster, als sie wieder mit mir sprach.

»Du kannst auf der Couch schlafen.«

Ich blieb regungslos stehen.

Mit großer Geste deutete Pia ins Wohnzimmer.

»Du weißt schon, da wo du mich gefickt hast!«, sagte sie mit eisiger Stimme und auf einmal klang sie fast schon so, als wäre unser Liebesakt gegen ihren Willen gewesen.

14

Ron konnte es einfach nicht fassen. Er wusste gleich, dass dieser Lorenz ein übler Zeitgenosse war.
Er strahlte schon so was Beunruhigendes aus.
Ron war sich sicher, dass dieser Mann einige Leichen im Keller hatte.
Pias neuer Freund war von einer düsteren Aura umgeben, wie sie Männer ausstrahlten, die vor Gewalt nicht zurückschreckten.
Nun wurde seine Vermutung bestätigt, als Pia ihm in ihrer neuen Nachricht einige verstörende Bilder von ihren blauen Flecken geschickt hatte.
Ein roter Kreis auf ihrem Bauch.
Abschürfungen auf ihren Armen.
Ron stellte sich die Visage von Lorenz vor, als er ein langes Küchenmesser in die Wand rammte.
Pia bat ihn, sich noch zurückzuhalten.
Sie hätte das provoziert.
Ron lachte bitter.
Es war immer dasselbe.
Immer wieder fühlten sich die Frauen schuldig, die von ihren sadistischen Partnern misshandelt wurden.
Natürlich dachten sie, es würde an ihnen liegen.
Genau wie Pia.
So weit hatte sie Lorenz also schon mit seiner Manipulation.
Dieser narzisstische Scheißkerl misshandelte eine gestandene Frau, brachte ihr Selbstbewusstsein ins Wanken und redete ihr anschließend noch Schuldgefühle ein.
Mit einem wütenden Aufschrei rammte Ron immer wieder das Messer in die Wand.
Kratzte die halbe Tapete seines Arbeitszimmers ab, während er sich Pias Freund vorstellte.
»Was machst du denn da?«, rief plötzlich Cynthia hinter ihm.
»Oh. Die Königin lässt sich auch mal wieder blicken.«, sagte Ron, während er die Wand weiter misshandelte.
Cynthia ging darauf nicht ein.

»Verdammt Ron! Was machst du da!«
»Ich schneide einen Schimmelfleck raus«, murmelte er.
»Was soll denn das? In den anderen Räumen ist doch noch viel mehr Schimmel!«
»Um die kümmer ich mich später!«
»Ron! Was zum Teufel ist denn los mit dir?«
Wütend drehte Ron sich um.
»Das könnte ich dich fragen! Wo bist du die ganze Zeit gewesen, hä?«
Cynthia senkte den Kopf.
»Hab ich doch schon gesagt. Geschäftsmeetings«, sagte sie schnell.
»Du lügst.«
Cynthia starrte auf das Messer in seiner Hand.
Ron folgte ihrem Blick.
»Was? Glaubst du wirklich, ich würde dich jetzt abstechen?«, fragte er sie entsetzt.
»Ich weiß gar nichts mehr bei dir. Du bist ein Fremder für mich geworden.«
»Ich bin dein Mann und der Vater unseres Sohnes!«, rief Ron empört und bemerkte nicht, wie er dabei mit dem Messer herumfuchtelte.
»Ron. Leg jetzt das Messer weg.«
Schnell legte Ron es auf den Tisch.
Dann strich er Cynthia durchs Haar. »Tut mir leid. Ich ... ich wollte dir keine Angst machen.«
Cynthia nickte. »Ja, ich weiß, Ron.«
Ron schämte sich.
Er hatte seiner Frau Angst gemacht.
Einen kurzen Moment war er nicht besser gewesen, als die miesen Typen, die er jagte.
»Du und Daniel. Ihr seid die Diamanten in meinem Leben.«
Ron sah in Cynthias Augen ein Lächeln aufblitzen.
»Ist das so?«, fragte sie und klang schon wieder fast so neckisch wie im Krankenhausflur vor ein paar Tagen.
»Natürlich«, sagte Ron und dachte an Pia. »Und wenn du jemanden anderen hast, werde ich dich dafür niemals verurteilen.«

»Ich habe keinen anderen, Ron.«

»Du musst es mir nicht sagen.«

Cynthia schüttelte den Kopf. »Lass uns runtergehen. Daniel möchte mit dir Fußball spielen.«

»Ach so!«, rief Ron laut, damit es sein Sohn unten hören konnte. »Dieses Mal schießt er mir kein Tor rein. Jetzt kommt meine Revanche!«

Cynthia lächelte.

Ron betrachtete sie.

Ihre braunen Haare waren zu einem Zopf gebunden und präsentierten ihre markanten Wangenknochen.

Wie schön sie war.

Sie war so eine starke Frau.

Er benahm sich manchmal wie ein Idiot, während sie stark blieb und eine fantastische Mutter und Ehefrau war.

Sie war stabil.

Anders als Pia.

Dennoch war er sich sicher, dass sie fremdging. Er konnte es ihr nicht einmal übel nehmen. Er war ja auch ständig mit anderen Dingen beschäftigt, während Cynthia immer stark bleiben und sich um alles kümmern musste.

Sie war eine gute Mutter für Daniel, stand ihm als Frau zur Seite und verdiente das nötige Geld, damit die Familie ein Dach über dem Kopf hatte.

Sollte sie sich doch ihre Auszeit gönnen.

Außerdem war es auch für seine Mission nicht von Nachteil, wenn Cynthia sich außerhalb ihrer Ehe vergnügte.

Denn für eine Sache hatte ihm Pia grünes Licht gegeben.

Er durfte endlich ein Zeichen setzen, für alle Männer, die ihre Frau misshandelten.

Er würde ein Exempel statuieren, welches Lorenz nicht übersehen konnte.

Endlich hatte Pia ihm die Erlaubnis gegeben.

Er durfte sich nun um ihren Ex-Freund kümmern.

Um Zarjo.

15

»Sie hat was?«, fragte Sonja entsetzt, als wir Ananasdosen einsortierten.

»Na ja. Ich schnarche wohl wirklich sehr laut. Dieser Georg im Krankenhaus hat sich auch schon beschwert. Ich ...«

Sonja sah mich streng an. »Lorenz! Hör auf, dir für alles auf der Welt die Schuld zu geben. Du bist ein cooler Typ, ein lieber Kerl, intelligent und zeigst Courage! Dennoch lässt du dich die ganze Zeit so mies behandeln.«

Pers Freundin Lene stand ein paar Meter entfernt von uns und wartete nervös auf ihren Freund.

»Okay«, sagte ich. »Die Situation gestern war schon eher suboptimal, aber sie war ja sonst sehr nett zu mir.«

»Was soll das denn heißen?«, fragte Sonja und sah mich forschend an.

Ich versuchte, unser Gespräch in eine andere Richtung zu bugsieren.

»Auch die anderen sind jetzt nicht andauernd gemein zu mir.«

»Nein, du bist gemein zu dir selbst«, sagte Sonja und schob eine Pfirsichdose ins Regal. »Du machst einen Scheißjob, lässt dich zusammenschlagen, hast dir so eine Psychotante geangelt und gehst ...«

»Wer ist eine Psychotante?«, fragte eine hohe Stimme hinter uns.

Wir drehten uns um.

Lässig und bauchfrei lehnte Pia am Milchregal und spielte mit einer blonden Haarsträhne.

»Du bist also Pia«, stellte Sonja kühl fest.

»Oh. Du hast also schon von mir gehört.«

»Ja. Das habe ich.«

»Ich hoffe nur Gutes«, sagte Pia und lächelte.

Sonja schüttelte den Kopf.

»Wir machen alle mal Fehler«, sagte Pia zu ihr. Dann wandte sie sich an mich. »Es tut mir leid, Lorenz. Lass uns gehen.«

Ich war bereit, ihre mechanische Entschuldigung anzunehmen.

»Wohin?«, fragte ich treudoof, woraufhin Sonja die Augen verdrehte.

»Wir machen jetzt Sport. Ich will, dass du dich fit hältst. Du röchelst mir zu viel.«

»Kein Wunder, wenn er ein Kissen ins Gesicht kriegt«, murmelte Sonja leise.

Pia bekam es mit.

»Ich habe mich doch entschuldigt!«, rief sie.

»Klang sehr überzeugend«, erwiderte Sonja ironisch.

Lene wartete immer noch auf Per. Nun jedoch beobachtete sie mich und die beiden streitenden Rivalinnen.

Ihr Blick war sehr wachsam. So sah ich sie selten.

Meistens senkte sie eher demütig ihren Kopf.

Besonders wenn Per mit ihr sprach.

»Lorenz!«, sagte Sonja zu mir. »Du solltest wirklich hierbleiben.«

Pia deutete auf sie. »Die Piercingtante mag mich wohl nicht.«

Ich sah Sonja an. Sie hatte ein neues Piercing in der Nase und ich habe es nicht mitbekommen.

Sie sah mich unverwandt an.

»Bleib hier, Lorenz. Wir sind noch nicht fertig.«

Pia kicherte. »Ich glaube, diese stupide Arbeit schaffst du heute mal alleine.«

»Ich arbeite wenigstens«, knurrte Sonja.

»Oh!«, rief Pia. »Da hasst wohl jemand uns Influencerinnen. Das ist ja mal was Neues. Bist wohl neidisch auf meinen Erfolg, was?«

»Nö. Ich kenne viele Influencerinnen und deren Arbeit schätze ich auch. Habe auch einige in meinem Freundeskreis. Die setzen sich aber auch für wirklich soziale Themen ein. Und verticken nicht nur Hautcremedosen.«, sagte Sonja.

Pias Lächeln wurde breiter. »Deine Freundin ist ganz schön sauer, nicht wahr? Kann ja mitkommen.«

»Da habe ich aber keinen Bock drauf.«

»Aber warum denn nicht?«, flötete Pia. »Du verhältst dich so aggressiv. Lass es raus. Wir haben einen Ring im Studio. Nimmst du die Herausforderung an?«

Pia trat näher an Sonja heran.

»Ich weiß wirklich nicht, von welchem illegalen Fitness-studio du da sprichst, aber ich finde es schon erstaunlich, da du dich vor ein paar Tagen noch so über die beiden un-maskierten Kunden aufgeregt hast«, erwiderte Sonja oh-ne Pia dabei anzusehen.

»Wie Lorenz sicher auch schon erzählt hat, macht mich ungerechtes Verhalten sehr wütend.«

Nun sah Sonja Pia an, um ihr anschließend ins Gesicht zu lachen.

»Aber jetzt willst du mit meinem Kollegen in so ein Stu-dio gehen? Du bist so scheinheilig. Da kann einem ja nur noch schlecht werden. Ich kann mir nicht erklären, was Lorenz an dir findet.«

»Frag ihn doch. Ich gebe ihm all das, was du ihm niemals geben kannst. Was sollte er denn auch von dir wollen?«, rief Pia und lachte ebenfalls.

Verschwinde, oder du kriegst eine Ananasdose in die Fresse!«, fauchte Sonja.

»Oh, die Metalltussi bedroht mich. Na, tu dir keinen Zwang an!«, zischte Pia und baute sich drohend vor Sonja auf.

»Du solltest dich wirklich nicht mit mir anlegen. Ich mach dich fertig. Da wirst du mit deinem Rumgehampel nicht weit kommen«, sagte Sonja drohend.

Pia rückte ihr lachend weiter auf die Pelle.

»Ach ja, Metalllesbe? Du liegst schon in der ersten Runde auf dem Boden.«

Lene mischte sich nicht ein, aber beobachtete die Eskala-tion immer noch aufmerksam. Insbesondere beobachte-te sie mich dabei.

Ich ging behutsam zwischen die beiden Streithähne.

»Beruhigt euch. Pia, können wir das nicht verschieben? Ich muss noch ein paar Sachen hier erledigen.«

Pia zog eine beleidigte Schnute und strich sich mit der Hand über ihren flachen Bauch.

»Bist du dir da sicher?«, hauchte sie leise.

Nein, war ich nicht.

»Willst du mich wirklich alleine zu diesen Männern gehen lassen? Warst du schon mal in einem Fitnessstudio, Lorenz? Da ist viel Testosteron am Laufen. Da willst du mich wirklich alleine reinlaufen lassen?«

Ich stand nun vollkommen neben mir.

Es war noch nie der Fall gewesen, dass zwei Frauen mich gleichzeitig an ihrer Seite haben wollten.

»Na gut. Dann geh ich eben alleine. Ich kann aber nicht garantieren, dass ich alleine wieder zurückkomme«, sagte Pia noch, bevor sie mir ihren schönen Rücken zudrehte.

»Ist ja gut. Ich komme!«, stöhnte ich.

Sonja nahm meine Hand.

»Lorenz, bitte. Geh nicht.«

Ich streifte sanft ihre Hand weg. »Könntest du heute vielleicht mal alleine ... sorry ... ich revanchiere mich dafür auch. Ich ...«

»Darum geht es nicht, Lorenz. Sie tut dir nicht gut, glaube mir«, sagte Sonja und sah mich eindringlich an.

»Ich glaube, Lorenz ist alt genug, seine eigenen Entscheidungen zu treffen«, sagte Pia, während sie sich von mir entfernte.

Ich rannte ihr nach.

Hinter mir hörte ich Sonja nach mir rufen.

Dann hörte ich noch Per, der seine Freundin entdeckt hatte und sie nun verhörte.

»Was machst du hier?«

»Per ... ich ...«

»Du solltest doch zu Hause warten. Was ist los?«

»Ich ... äh ...«

»Wie siehst du eigentlich aus?«

»Ich ...«

Mehr bekam ich von dem Verhör nicht mit, denn meine Freundin zerrte mich schon zum Ausgang.

»Du musst dich bei dem Haken mehr eindrehen. Und schlag richtig gegen den Boxsack. Ich bin nicht aus Zucker!«, motivierte mich Pia, während sie den Sack hielt.

Ich war schon nassgeschwitzt und vollkommen außer

Atem.

Ein paar Meter neben mir lagen Hanteln, an denen sich ein paar Bodybuilder abarbeiteten, während sie animalische Laute von sich gaben.

Die anderen Gäste trainierten schnaufend und grunzend an Geräten, welche auf der anderen Seite des Studios aufgereiht bereitstanden.

Ein Raplied dröhnte aus den Lautsprechern.

Ein junger Mann mit Baritonstimme zelebrierte darin fragwürdige Handlungen an jungen Frauen, in denen er ihnen sein bestes Stück in jeglicher Form einführte.

Das illegale Studio war ein Boxklub von Igor, welcher ein Bekannter von Pia war.

Igor verlangte eine größere Summe Bargeld für das Training und einen Corona-Schnelltest unter Eigenverantwortung.

Es reichte der aus dem Supermarkt.

Der massige Türsteher hatte nur einen kurzen Blick über unsere beiden negativen Testergebnisse geworfen, bevor er uns passieren ließ.

Pia behauptete, dass Igor vor einiger Zeit als Geldeintreiber und Bordellbesitzer beruflich stark ausgelastet gewesen war. Nun war er abgetaucht und förderte junge Kampfsporttalente.

Der schlanke Ungar saß an einem Tisch, der von zwei bulligen Männern bewacht wurde, und beobachtete neugierig die Klubbesucher.

Nadja, die Pia als gute Freundin bezeichnete, saß neben ihm und musterte einen Sportler, der ebenfalls einen Boxsack bearbeitete.

Dieser wiederum starrte mich schon seit einer geraumen Weile an.

Sein Blick war finster.

Er war fast so groß wie Per und mindestens genauso unheimlich.

Allerdings war sein Körperbau kräftiger.

Er trug neben einer blauen Jogginghose ein Unterhemd und seine Haut schien nur aus Haaren zu bestehen.

Bis auf seinen Kopf, den er sich rasiert hatte, war alles

behaart. Arme, Brust und Rücken waren von einem dunklen Fell bedeckt.

Er trug einen langen, dunklen Bart, den er sich wohl auch schon länger nicht gestutzt hatte.

»Und jetzt eine Kombo!«, rief Pia mir zu.

Ich schaffte noch zwei Schläge, bevor ich zusammensackte.

Aus der Ferne hörte ich Igor lachen.

Ich ließ mich zu Boden sinken. Pia beugte sich über mich.

»Oje. Wir haben noch einiges zutun. Geht es dir gut?«, fragte sie mich besorgt.

Ich nickte zögerlich.

»Sei ehrlich. Du musst dich nicht verstellen.«

»Alles okay«, sagte ich schnell.

»Ich glaube dir nicht. Du bist so unterschwellig aggressiv. Ich kann dir das nicht mal verübeln. Meine Art ist manchmal etwas direkt.«

Ich dachte, dass Pia etwas untertrieb, doch sie war noch nicht fertig.

»Da kommt nicht jeder mit klar und ich kann verstehen, wenn du verletzt bist. Es war meine Schuld, was letzte Nacht passiert ist. Ich habe da eine Grenze überschritten, nicht du. Ich kann es leider nicht mehr rückgängig machen. Ich hoffe, du hast jetzt keine Angst vor mir. Ich war einfach nicht gut drauf und habe es an dir abgelassen. Ein dickes sorry von mir dafür.«

Wieder nickte ich, weil ich vor Atemnot kaum sprechen konnte.

Sie reichte mir die Hand.

»Kannst du mir verzeihen? Gibst du uns beiden noch eine Chance? Das würde mir sehr viel bedeuten.«

Ich nahm ihre Hand und sie zog mich ächzend hoch.

Dann fiel sie mir in die Arme und rieb ihre warme Wange an meinem Hals.

»Danke. Du bist so ein Schatz. Ich bin so froh. Ich bin so verliebt in dich. Du bist mir sehr wichtig, Lorenz«, flüsterte sie mir ins Ohr und mir wurde noch wärmer.

So etwas hatte noch kein Mensch zu mir gesagt.

»Du mir auch«, sagte ich und musste immer noch nach Luft ringen.

»Rauchst du?«, fragte mich Pia.

Ich schüttelte fragend den Kopf.

»Du kannst es mir ruhig ehrlich sagen. Ist nicht schlimm. Meine Ex-Freunde haben auch alle geraucht.«

»Ich rauche nicht. Ehrlich.«

»Okay. Ich habe jahrelang alles Mögliche geraucht. Vielleicht bin ich deswegen manchmal so psychotisch, aber ich bin trotzdem tausendmal fitter als du. Du musst an deiner Ausdauer arbeiten, Lorenz. Ich brauche einen Freund, der neben mir bestehen kann.«

Ich seufzte.

»Du brauchst nicht so zu stöhnen, Lorenz. Ich will dir doch nur helfen. Du bist jetzt berühmt und hast eine soziale Verantwortung. Da kannst du nicht so herumröcheln. Die Leute wollen zu dir aufsehen. Ich will zu dir aufsehen. Und ich sehe viel mehr in dir, aber du musst wirklich an dir arbeiten. Ich biete dir dabei meine Hilfe an. Geh mal auf Youtube oder TikTok, da habe ich einige Videos mit Work-out-Übungen und du wirst dein Fitnesslevel rasch steigern können. Außerdem kletter ich gerne. Ich will mit dir bouldern. Dafür solltest du fit genug sein. Sonst fällst du ganz schnell irgendwo runter. Aber wenn du fleißig trainierst, können wir beide zusammen Berge besteigen.«

Ich schluckte.

Schon wieder wollte ein Mädchen mit mir auf einen Berg klettern.

Beklommen dachte ich an meinen toten Freund.

Pia riss mich brutal aus meinen Gedanken.

Sie schnippte mit den Fingern und zeigte auf den Boden.

»Und jetzt mach Sit-ups.«

Ich stöhnte. »Och nö.«

»Hör auf zu stöhnen. Leg los!«, rief Pia scharf.

Doch dann erlöste mich ihre Freundin Nadja. Sie hatte ein fein geschnittenes Gesicht, schwarze Haare und eisblaue Augen.

»Ey, die cremige Pia! Na? Ärgerst du deinen Freund?«,

fragte sie und ich nahm zum ersten Mal in ihrer Stimme einen leichten, osteuropäischen Akzent war.

»Wieso ärgern?«, fragte Pia unschuldig. »Ich bringe ihn nur in Form. Er muss mich doch beschützen können.«

Sie zwinkerte Nadja zu.

Diese lachte.

»Ja, vor dir selbst. Außerdem bringen deine Bauchübungen nichts. Die heben nur den Bauch an. Er muss die Beine und seinen Po trainieren.«

Nun lachte Pia. »Ich glaube nicht, dass du dich damit so gut auskennst.«

»Ey! Wie heißt du, Mann?«, fragte mich Nadja schroff.

Ich nahm ehrfürchtig wahr, dass sie deutlich athletischer gebaut war als ich.

»Ich bin ... äh ... Lorenz«, stammelte ich.

»Wow! Er kennt ja sogar seinen Namen!«, rief Nadja und lachte wieder.

»Machst du gerade meinen Freund an? Denk dran, ich hab dich beim letzten Match auch besiegt«, sagte Pia drohend.

Nadja ignorierte sie. »Was meinst du Lorenz? Wer ist stärker? Sie oder ich?«, fragte sie mich und spannte ihren imposanten Bizeps an.

»Gute Frage ... äh ...«

Nadja kicherte. »Der weiß ja gar nichts.«

Pia lief rot an. »Das reicht jetzt. Wir steigen in den Ring.«

Ich sah beide Frauen über die Seile vom Boxring klettern.

Igor stieß einen lauten Pfiff aus.

Äußerlich passte er meiner Wahrnehmung nach nicht in seinen eigenen Laden.

Er war groß und schlaksig, trug ein schlichtes, rot kariertes Hemd und wirkte auf mich eher wie ein Mathelehrer, als wie ein ehemaliger Bordellbesitzer.

Beide Frauen gingen in Stellung.

Dann stürzten sie kreischend aufeinander los.

In dem Moment wurde ich abgelenkt, denn ich hörte, dass hinter mir mein Name fiel.

Ich drehte mich um und sah einen jungen, oberkörperfreien Mann mit Igor diskutieren.

Beide deuteten dabei auf mich.

Ich erkannte den jungen Athleten.

Es war Zarjo.

Pias Ex-Freund.

Mit verbissenem Ausdruck starrte er mich an, während er auf Igor einredete, der eher entspannt dabei wirkte.

Plötzlich wandte sich Igor ab, während Pias Ex-Freund forsch auf mich zuging.

Ich wich erschrocken zurück und prallte gegen die Sandsäcke.

Doch Zarjo war viel schneller als ich.

Er stand schon direkt vor mir, während ich mit dem Rücken zu einem Boxsack stand, der mir sanft gegen den Rücken schlug.

»Ey!«, rief er mir zu und streckte seine Hand aus.

Trotz der Hygienemaßnahmen nahm ich sie, weil ich Zarjo nicht verärgern wollte.

Ich nahm dabei auf seinem sehnigen Unterarm eine lange Narbe wahr, die sich bis zu seinem ausgeprägten Bizeps hinauf schlängelte.

Über seinem nach außen gestülpten Bauchnabel sah ich den Namen Pia tätowiert.

Allerdings durchgestrichen.

Er zerdrückte meine Hand fast zu Matsch, als er zu mir sprach.

»Ich bin Zarjo. Kennst du mich?«

Ich hörte Pia oben vom Ring aus schreien.

Doch Zarjo drückte meine Hand noch fester, als ich mich gerade nach ihr umdrehen wollte.

»Guck mich an, wenn ich mit dir rede.«

»Okay«, sagte ich leise und fragte mich, wann ich meine Hand wiederbekam.

»Du hältst dich wohl für den großen Stecher, was?«

Ich war von seinem bedrohlichen Unterton schockiert und davon, dass er mir zutraute, dass ich auf so einen sexistischen Ruf Wert legte.

»Lass die Finger von ihr oder du bist ein toter Mann«, sagte er mir noch ganz sachlich, bevor er meine Hand losließ und wieder zu Igor ging.

Verstört blickte ich seinen breiten Schultern nach, bevor ich Pia dabei beobachtete, wie sie durch den Ring flog.

Doch sie lag nur kurz in den Ringseilen. Nadjas nächster Schlag war zu langsam und Pia duckte sich weg.

Dann sprang sie hoch und rammte Nadja ihr Knie in den Magen, bevor sie ihr eine Kombination aus Haken verpasste.

Ich wurde wieder abgelenkt, als sich eine große Pranke auf meine Schulter legte.

»Wie heißt du?«, fragte mich Igor.

»Lorenz.«

»So, Lorenz. Ich hab von dir gehört.«

Ich merkte, dass ich wieder rot anlief.

»Dann ... äh ... hoffe ich ... das es schöne Dinge waren«, stammelte ich.

Igor lächelte mich freundlich an.

»Ja, zum Teil schon«, sagte er mit heller Stimme.

Neben mir krachte eine Faust in den Sandsack, der nun wild hin und her schwang.

Der Mann mit der Glatze sah mich wieder böse an, während er den Boxsack mit seinen Fäusten bearbeitete.

Scheinbar hatte auch er von mir gehört, was mich eher beunruhigte.

Igor klopfte mir auf die Schulter.

»Lorenz?«

»Ja.«

»Pass auf dich auf«, sagte er noch, bevor er zurück zu seinem Tisch ging.

Währenddessen saß Pia rittlings auf Nadja und hämmerte kreischend mit ihren Fäusten auf sie ein.

Dann setzte sie aus der Mount zu einem Ezekiel Choke an und malträtierte damit Nadjas Luftröhre.

Durch ein paar Youtube-Videos über die Kampfsportrichtung BBJ kannte ich diesen Griff.

Nadja stieß einen gepressten Schrei aus, bevor sie ächzend abklopfte.

Beide Frauen standen auf.

Entsetzt sah ich, dass beide im Gesicht bluteten.

Trotzdem fielen sie sich anschließend lachend in die Arme.

Pia stieg aus dem Ring und kam zu mir.

»Na, wie war ich? Hat es dir gefallen?«

Ich starrte sie verstört an.

»Was guckst du denn so kritisch?«, fauchte sie pikiert.

»War in Ordnung«, murmelte ich.

»Es war in Ordnung? War ganz nett, oder wie?«

»Ja«, sagte ich.

»Nett ist die kleine Schwester von Scheiße. Das weißt du hoffentlich, oder? Vielleicht kannst du ja besser kämpfen als ich? Klär mich auf. Wollen wir in den Ring steigen?«, fragte sie mich und ihre Augen funkelten tödlich.

Das wollte ich nach der Show auf gar keinen Fall. Ich ruderte hektisch zurück. »Nein, Nein! Dein Kampf war super! Ich war nur ein bisschen eingeschüchtert von deinem Ex-Freund.«

Ich hörte deutlich, wie Pia mit den Zähnen knirschte.

»DIESER SCHEISSKERL! ER SOLL MICH ENDLICH IN RUHE LASSEN!«, kreischte sie mit schriller Stimme.

Keiner der anderen Studiokunden drehte sich um.

Scheinbar waren alle schon zu sehr an ihre Ausbrüche gewöhnt.

Pia packte mich grob am Arm und zerrte mich zum Boxring.

»Wir müssen da jetzt rein! Ich muss dir jetzt unbedingt Kämpfen beibringen. Du musst in der Lage sein, mich zu beschützen.«

Ich wunderte mich immer wieder über meinen unbewussten Hang zur Selbstzerstörung. Immer wieder manövrierte ich mich in neue gefährliche Situationen.

Igor war so freundlich und drückte mir einen Kopfschutz in die Hand.

Ich sah ihn fragend an und deutete auf Pia.

Anstatt ihr einen zu geben, lachte er grell auf und kehrte an seinen Tisch zurück.

»Leg ihn an«, sagte Pia, als wir in den Ring stiegen.

Ich sah mir das Ding an. Es war für mich wie ein Fremdkörper.

Als ich mich mit dem Teil gerade angefreundet hatte und es mir umlegen wollte, explodierte auch schon Pias Faust in meinem Gesicht.

Ich biss mir auf die Zunge und starrte sie verwundert an.

Der Schlag war heftig gewesen. Warum tat sie mir so etwas an?

Wo sie mich doch angeblich liebte.

Sie gab mir die Antwort prompt.

»Du bist viel zu langsam. So wird dich jeder verprügeln. Ich mach das alles nur für dich! Also sein ein Mann und heb deine Fäuste!«, motivierte sie mich, bevor sie mir gegen das Schienbein trat.

Ich wimmerte laut auf, während ein stechender Schmerz durch mein Bein zog.

»Hast du dir keine Beinschützer geben lassen? Mensch Lorenz! Du musst dich schon auf einen Kampf vorbereiten«, sagte Pia, bevor sie mir einen Haken an die Schläfe verpasste.

Mein Kopf flog zurück und schwarze Flecken wurden vor meinen Augen größer.

Gleichzeitig hörte ich lautes Gelächter von unten.

»Hast du überhaupt Bauchmuskeln?«, fragte mich Pia bevor sie mir in den Magen schlug.

Mir blieb die Luft weg. Ich klappte zusammen und sackte zu Boden, während ich brüllende Lacher hörte.

»Steh auf!«, schrie Pia. »Du kannst dich doch nicht einfach so von mir verprügeln lassen. Du bist ein Kerl. Schlag zurück!«, feuerte sie mich an und verpasste mir einen seitlichen Kick gegen die Schulter.

Wieder lachten alle.

»Sei ein Mann. Schlag zurück!«

Ich habe andere Vorstellungen von Männlichkeit als Pia.

Ich schlage keine Frauen.

Doch sie ließ mir das nicht durchgehen.

»Soll ich das Handtuch schmeißen?«, fragte Igor von unten und lachte.

Pia sprang wütend auf mich drauf und hämmerte mit den Fäusten auf mich ein.

Mir blieb nichts anderes übrig als meinen Kopf zu schützen und zu hoffen, dass die meisten Schläge in ihrer Euphorie danebengingen.

Doch die steigenden Kopfschmerzen relativierten meine Hoffnung schnell.

Sie befand sich nun sattelfest in der Full Mount und verprügelte mich nach Strich und Faden, bevor sie über mir zu einer Gogoplata ansetzte.

Sie überstreckte meinen Arm und presste mir ihr angewinkeltes Schienbein an den Hals.

Mit diesem Würgegriff drückte sie mir erfolgreich die Luft ab und mir wurde noch schwärzer vor Augen.

Aus der Schwärze sah ich die sterbende Mutter auftauchen.

Sie schoss kreischend auf mich zu.

An der Hand hielt sie ihre kleine blonde Tochter.

Mir fiel ein, dass ihre Tochter jetzt ungefähr in Pias Alter sein musste, als diese mir fast den Kopf abriss.

Die sterbende Mutter hatte mich fast erreicht, als ich mich panisch unter ihr aufbäumte.

Der Griff lockerte sich. Ich bekam meinen Arm wieder frei.

Pia war von meiner plötzlichen Gegenwehr überrumpelt, sodass sie ihren Würgegriff nicht erfolgreich abschließen konnte, während ich weiter panisch um mich schlug.

Plötzlich hörte ich sie über mir schrill aufschreien.

Ihr Gewicht auf mir nahm ab, ich bekam langsam wieder Luft und die sterbende Mutter sank mit ihrer Tochter zurück in die Tiefe.

»Du hast mir wehgetan!«, fiepte Pia mit tränenerstickter Stimme, bevor sich ihr Gesicht zu einer wütenden Fratze verzog.

Von unten hörte ich einen Mann brüllen. Es klang wie ein verwundetes Tier.

Dann hörte ich andere Männer laut durcheinander rufen, während Pia mit vorgestrecktem Bein auf mich zusprang, um mich mit einem Kung-Fu-Kick auszuknocken.

Ich wich in letzter Sekunde aus. Haarscharf sauste ihr Fuß an meinem Ohr vorbei, bevor Pia auf dem Boden aufschlug.

»Ich bring dich um!«, kreischte sie und trat mir in die Kniekehle.

Ich sackte zu Boden und Pia stürzte sich brüllend auf mich.

Ich schaffte es, die meisten Schläge abzuwehren, drehte sie auf den Rücken und kniete mich rittlings auf sie, um weiteren Schaden von mir fernzuhalten.

Wieder hörte ich Igor von unten lachen.

»Bleib bitte ruhig, Pia. Ich will dir nicht wehtun«, stammelte ich, während ich ihre zappelnden Arme auf den Boden drückte.

»Geh von mir runter, du Schwein!«, rief sie mit gepresster Stimme.

»Hör doch endlich auf!«, wimmerte ich kläglich.

»Das reicht jetzt. Hört auf! Das ist ja ein Trauerspiel«, rief Igor von unten, bevor er wieder anfing zu lachen. Gleichzeitig wurde ich von seinen Bodyguards an den Armen gepackt und von Pia heruntergerissen.

Nadja und ein anderer Athlet fixierten meine keifende Freundin, die mich immer noch angreifen wollte.

Wir wurden aus dem Ring gezerrt.

Dabei sah ich den kahlköpfigen Mann, der ebenfalls von zwei Athleten auf dem Boden fixiert wurde.

Er starrte mich hasserfüllt an und knurrte dabei, als würde er mich mit seinen gebleckten Zähnen zerfetzen wollen.

Speichelfäden liefen aus seinem Mund.

16

»Beruhigst du dich jetzt, oder müssen wir dich auch raus-
schmeißen?«, fragte Igor.
Ron schwieg und sah Lorenz nach, der Pia verzweifelt
hinterherlief.
Die beiden Männer hatten ihn wieder losgelassen.
Igor stand ihm gegenüber und musterte ihn neugierig.
»Was bist du denn eigentlich für ein Psycho?«
Ron starrte finster zurück.
»Kannst du nicht sprechen, oder was? Ich finde dein Ver-
halten unangemessen. Du bist unhöflich zu mir«, sagte
Igor nun ernst.
»Lasst mich gehen! Ich muss Pia beschützen!«, rief Ron
laut und wollte den beiden nacheilen.
»Du gehst nirgendwo hin, bevor wir beide hier fertig sind.
Lass sie in Ruhe. Die weiß sich schon zu helfen.«
»Aber ...«
»Kein aber! Ich will, dass du Respekt vor mir zeigst. Ich
riskier hier einiges mit diesem Laden. Hast du überhaupt
bezahlt?«
Ron nickte.
»Hast du einen Schnelltest vorgezeigt?«
Ron nickte heftiger.
Sein Nachbar warf die gebrauchten Dinger immer in den
Restmüll.
Er hatte sich einen rausgezogen.
»Trotzdem kriegst du Hausverbot.«
Ron sah, wie Zarjo in die Umkleide ging und es kam ihm
eine Idee.
»Warum?«, fragte er.
»Ich mag dich nicht und du hast dich nicht benommen.
Wir pflegen hier einen respektvollen Umgang miteinan-
der«, antwortete Igor ruhig.
»Ich wollte doch nur Pia helfen.«
»Sah es im Ring so aus, als würde sie deine Hilfe brau-
chen, hä?«, fragte Igor ungeduldig.
»Er hat ...«
»Lorenz hat sich nur gewehrt!«, unterbrach ihn Igor

barsch. »Der Waschlappen ist doch keine Gefahr für sie. Das kannst du doch nicht ernsthaft glauben.«

»Du kennst ihn nicht«, widersprach Ron und sah wieder die düstere Aura vor sich, welche Lorenz ausstrahlte.

»Das brauch ich auch nicht. Und jetzt verpiss dich, du Held«, knurrte Igor und gab einem seiner Bodyguards ein Zeichen.

»Kann ich noch kurz duschen?«, fragte Ron kleinlaut.

»Ja, gute Idee. Du stinkst wie Gulasch. Geh mir aus den Augen.«

17

Immer wieder rammte Ron seine Faust gegen den Metall-
spind, bis die Haut um seine Fingerknöchel aufplatzte.
Blut lief ihm über den Handrücken.
Warum wollte sich Pia nicht von ihm helfen lassen?
Musste er sie erst zu ihrem Glück zwingen?
Sein Herz fing an zu brennen, als er sah, wie dieser feige
Lorenz Pia im Ring einen Leberhaken verpasst hatte.
Er wehrte sich mit unfairen Mitteln gegen eine Dame.
Wie eine jämmerliche Figur schlug dieser Lorenz im Ring
wild um sich, weil er Pia und ihren Selbstverteidigungs-
fertigkeiten ansonsten nichts entgegensetzen konnte.
Dieser Lorenz war schwach und gefährlich zugleich.
Klebriger Abschaum, den Ron bald zertreten musste.
Doch Pia hing scheinbar an diesem erbärmlichen Kerl.
Mit Ron hatte sie kein Wort im Studio gesprochen.
Nur seine Hilfe war ihr gut genug.
Stattdessen bekam Lorenz alles und ihm schickte sie kur-
ze Nachrichten über den Messenger.
Wenigstens wollte sie, dass er sich nun um Zarjo küm-
merte.
Sie kann ihn nicht mehr ertragen, schrieb sie Ron.
Doch Lorenz sollte er nach wie vor nicht anrühren.
An ihm wollte sie festhalten.
Wieder schlug Ron gegen den Spind.
»Ey! Lass den Schrank in Ruhe«, sagte Zarjo bedrohlich,
als er von der Toilette kam.
»Halt die Fresse!«, erwiderte Ron.
»Was hast du gesagt?«, fragte Zarjo als er direkt vor Ron
stand.
Selbstbewusst und splitternackt.
Das machte Ron verlegen.
»Ich ... äh ... gar nichts«, stammelte er auf einmal.
»Das will ich dir auch geraten haben, du dreckiger
Spast!«, zischte Zarjo und spuckte Ron vor die Füße, be-
vor er mit erhobenem Haupt zu den Duschen schritt.
Rons Magen zog sich vor Hass zusammen.
Dieser Zarjo hielt sich für den größten.

Zarjo.
Laut Pia wusste keiner, ob der Bulgare wirklich so hieß, oder ob es nur ein Pseudonym für seine Rapmusik war.
Falls man diese frauenfeindlichen Sprüche, die er von sich gab, überhaupt so nennen konnte.
Ron zitterte vor Ekel, wenn er sich vorstellte, dass Zarjo vielleicht seine sexuellen Vorlieben an Pia praktiziert hatte, die er ständig in seinen schmutzigen Liedern zelebrierte.
Er hörte, wie Zarjo Schleim hochzog, als das Wasser auf dessen Rücken prasselte.
Ron sah sich um.
Außer ihm selbst und Zarjo war keiner in der Umkleidekabine.
Ich muss es beenden, schrie es in Ron.
Jetzt!
Entschlossen zog Ron sich aus und lief zu den Duschen.
Zarjo quetschte gerade verbissen die letzten Reste aus seiner Duschgelflasche.
Ron stellte die Dusche an und legte den Kopf in den Nacken, als das warme Wasser über seinen rasierten Schädel floss.
»Ey, Glatze! Hast du Shampoo, Mann?«, fragte Zarjo.
Jetzt schnorrt mich der Typ auch noch an, dachte Ron.
»Was?«, knurrte er.
»Ob du Shampoo hast!«
Ron starrte auf Zarjos asketischen Körper.
Er schätzte ihn in Pias Alter.
Höchstens Mitte zwanzig.
So jung.
So attraktiv.
Er konnte es Pia gar nicht verübeln, dass sie mal was für Zarjo empfunden hatte, als er dessen glatten Körper samt Muskeln begutachtete.
Das feine, jugendliche Gesicht.
Ein Meisterwerk genau wie Pia
Sie und Zarjo passten gut zusammen.
Sie waren das Gegenteil von ihm selbst.
Ron hatte sich selbst nie als Schönling betrachtet.

Sein Blick glitt über seinen eigenen, haarigen, hervor-
springenden Bauch, bevor er in Zarjos Intimzone starrte.
Gut bestückt war der junge Mann auch, stellte Ron fest.
Dann malte er sich aus, wie er Zarjos Gemächt zer-
quetschte.
»Ey! Glotzt du gerade auf meinen Schwanz?!«, rief Pias
Ex-Freund aggressiv und trat drohend auf ihn zu.
Ron kam mit seinem forschen Auftreten nicht zurecht
und wich eingeschüchtert zurück.
»Äh ... nein. Natürlich nicht«, stotterte er.
Doch Zarjo packte Ron bereits am Hals und verpasste
ihm einen Stoß, sodass Ron mit dem Rücken gegen die
Duschwand knallte.
Ron wollte weg, doch Zarjo rieb sich plötzlich an ihm.
»Ist doch okay. Du hast nen Kleinen und ich mag deine
Wampe. Gefällt mir«, sagte er auf einmal mit weicher
Stimme und presste seinen harten Körper gegen Rons,
bevor er seine vollen Lippen auf dessen Mund drückte.
Ron, der immer noch mit dem Rücken zur Wand stand,
war zuerst geschockt. Dann ließ er es geschehen und öff-
nete seinen Mund.
Es war gar nicht so schlimm, wie er es sich immer vorge-
stellt hatte.

»Pia! Es tut mir leid! Ich wollte dir nicht wehtun!«, rief ich und rannte ihr hinterher.

Dieses Mal liefen wir auf der anderen Seite der Spree.

Wir liefen durch ein Waldstück und passierten ein paar FKK begeisterte Senioren, die trotz der Kälte nackt badeten.

Pia beschleunigte schniefend ihre Schritte.

»Lass mich in Ruhe! Du hast mir wehgetan.«

»Du wolltest doch, dass ich zuschlage.«

Energisch dreht sich Pia zu mir um.

»Du hast mir einen Leberhaken verpasst! Das tat richtig weh! Ich hab Atemnot bekommen!«

»Ich war auch kurz vor dem Ersticken, als du deinen Würgegriff angesetzt hast. Ich hab Panik bekommen. Das mit dem Haken war ein Versehen gewesen. Ich habe blindlings um mich geschlagen. Du bist eine sehr gute Kämpferin, das muss ich schon sagen.«

Nun wurde Pia etwas milder.

»Echt?«, fragte sie.

»Ja, du hast es mir ganz schön gezeigt.«

Sie lächelte kurz. Dann trat sie auf mich zu.

»Du warst auch nicht schlecht. Es tut mir auch leid, dass ich dir wehgetan habe. Ich wollte dich unbedingt abhärten und habe uns beide wohl dabei zu sehr unter Druck gesetzt.«

»Wieso abhärten?«, fragte ich sie.

»Als ich Zarjo sah, bekam ich Angst, dass er dir was tun würde. Er ist sehr eifersüchtig, weißt du? Er kann mich einfach nicht loslassen«, sagte Pia, bevor sie mir in die Arme fiel.

Ich spürte ihre warmen Tränen auf meiner Wange.

»Mir ... mir geht es nicht gut. Mir ist alles zu viel. Ich ... ich habe Angst zu ersticken ... Ich brauche Luft zum Atmen. Jeder will was von mir!«, weinte Pia.

Ich streichelte sie, während sie sich an mich drückte.

»Hey, alles wird gut. Ich will für dich da sein«, sagte ich

und strich ihr eine Haarsträhne aus dem Gesicht.
Plötzlich hörte ich aus ihrer Hosentasche eine Glocke
läuten.
»Hast du einen neuen Signalton?«, fragte ich.
Sie machte sich frei von mir.
»Dieses blöde Mistding vibriert schon den ganzen Tag in
meiner Tasche! Ich habe es satt! Immer muss man er-
reichbar sein! Darf alle bedienen! Ich kann nicht mehr!
Du musst mich befreien, Lorenz!«
Sie umfasste flehentlich meine Hand.
»Bitte Lorenz! Befreie mich! Lass uns in die Natur zurück.
Lassen wir diese ganze Technik und Gesellschaft hinter
uns! Lass uns neu anfangen! Nur wir zwei, Lorenz! Nur wir
zwei.«
Ihre Idee gefiel mir. Sie löste in mir eine neue Gehirn-
erweichung aus.
»Lorenz! Befreie mich!«, rief sie wieder und bestätigte
mich in meiner aufkeimenden Idee.
»Gib mir dein Handy«, sagte ich entschlossen.
Sie sah mich fragend an. Gab mir aber ihr Handy.
Ohne zu zögern, pfefferte ich es in den Fluss.
Pia strahlte mich ungläubig an.
Dann verwandelte sich ihr Gesicht in rasendes Entsetzen,
bevor sie einen markerschütternden Schrei ausstieß.
»Was hast du getan!«, kreischte sie. »Hol es raus! Hol es
sofort da raus!«
Schnell rannte ich zum Ufer und sah das Handy untergeh-
hen.
Die Stelle war flach.
Vielleicht könnte ich vom Baum einen Ast abbrechen und
es damit erreichen?
Doch Pia hatte eine andere Idee.
»Du musst da rein und es rausholen, sofort!«, schrie sie
mit schriller Stimme.
Bevor ich widersprechen konnte, sprang sie mir mit bei-
den Füßen gegen den Rücken und ich segelte ins Wasser.
Ich hätte ihr erzählen sollen, dass ich nicht schwimmen
kann.
Durch den Schwung ihres Trittes landete ich zu weit im

Wasser der Spree.

Da wo es tief wurde.

Das Wasser war trotz des Wetters arschkalt.

Die Kälte schnitt mir regelrecht in die Haut.

»Hilfe!«, schrie ich. »Ich kann nicht schwimmen!«

Stimmengewirr.

Ein paar der FKK Senioren wurden auf uns aufmerksam.

Pia ignorierte meine Rufe und zeigte den Senioren eine andere Stelle im Wasser.

»Mein Handy!«, kreischte sie hysterisch. »Da ist mein Handy drin!

Verwirrt schossen die Blicke der nackten Senioren zwischen mir und der anderen Stelle im Wasser hin und her, während ich langsam unterging und sich meine Lungen mit Wasser füllten.

Aus der Tiefe sah ich etwas Bleiches auf mich zuschießen.

Das runzlige Gesicht der sterbenden Mutter.

Sie griff mit ihren Krallen nach mir.

Als sie mich packte, sah ich Triumph in ihren toten Augen aufblitzen.

Langsam sank ich mit ihr in die Tiefe, während mir immer mehr die Luft ausblieb und alles um mich herum dunkel wurde.

Wenig später sah ich wieder Bäume und ein männliches runzliges Gesicht über mir, als ich prustend auf dem Rücken lag. .

Sein Gesicht näherte sich meinem und ich sah etliche Nasenhaare, als er seine Lippen auf meinen Mund presste, um mir das Leben zu retten.

»Nicht mal schwimmen kann der!«, hörte ich Pia in der Nähe schimpfen.

»Gut, dass ich alles in meiner Cloud habe.«

19

Ron klingelte an Zarjos Tür. Er fühlte sich benutzt. Sie hatten eine leidenschaftliche Nacht miteinander verbracht. Dadurch war er von seinen Zielen etwas abgewichen. Ein Teil von ihm wollte den Rapper noch umbringen. Der andere Teil wollte ihn einfach nur sehen.
Zarjo war so sanft gewesen und gleichzeitig so fordernd. Eine Mischung, die Ron vorher so nicht gekannt hatte. Normalerweise war er immer der Fordernde gewesen. Doch Zarjo forderte offenbar nicht nur von ihm.
Als Ron ihn heute Nachmittag beschattet hatte, war Pias Ex-Freund mit irgend so einem blonden Milchgesicht in seiner Wohnung verschwunden.
Und jetzt stand Ron vor verschlossener Tür und keiner seiner Wünsche und Sehnsüchte wurde berücksichtigt. Er konnte Zarjo weder küssen noch besteigen. Und er konnte ihn nicht umbringen.
Auch Cynthia machte sich weiterhin rar.
Pia las seine Nachrichten nicht.
Ron klingelte Sturm. Doch niemand reagierte. Er wollte einfach nur wieder so fest umarmt werden wie letzte Nacht. So gedrückt werden. Meinetwegen auch nur benutzt werden.
Es war lange her, dass jemand ihn so inbrünstig geritten hatte.
Bei Cynthia war der Beischlaf seit Langem nur noch eheliche Pflicht.
Pia würde ihn niemals ranlassen.
Das war Ron auch nicht wichtig. Vorrangig war sie für ihn ein kostbarer Diamant, den er bewahren musste.
Vor jungen Männern, die jetzt auch ihn benutzt haben.
Vor Männern wie Zarjo.

20

»Der Saft ist wirklich lecker. Haben Sie den selbst gepresst?«, fragte Pia Korben Applegate, als sie auf der Terrasse im Vorgarten seiner Villa saßen.
»Ja, zum Teil kommt er aus dem eigenen Anbau. Wir haben eine Apfelplantage. Ich kann Sie ihnen gerne bei Gelegenheit zeigen, wenn Sie Lust darauf haben«, sagte Korben und leckte sich über die Lippen.
Pia schüttelte den Kopf. Sie wollte nicht zu viel Zeit mit dem Prediger verschwenden. Sie war schließlich aus geschäftlichen Gründen hier.
Er wollte ihr ein unwiderstehliches Angebot machen.
Keiner sollte von diesem Treffen erfahren.
Viele Influencerinnen und Influencer würden sie öffentlich brandmarken, wenn sie von Pias Meeting mit dem radikalen Evangelikalen wüssten.
Auch er selber wurde von den evangelischen Gemeinden und anderen milderen Freikirchen gemieden. Korben Applegate war für seine äußerst konservativen Hetzreden bekannt.
Außerdem wollte sie zurück zu Lorenz. Er war nun stark erkältet.
Sie schätzte, dass es mit seinem unfreiwilligen Aufenthalt in der Spree zu tun hatte.
Sie mussten beide nun gemeinsam ihren schwierigen Start verarbeiten.
Sie brauchte Lorenz. Er war ein Geschenk für sie. Er war nicht so fordernd und besitzergreifend wie die anderen Männer, strahlte eine angenehme Ruhe aus und war auf seine Art bodenständig.
Die Nummer mit ihrem Handy ging gar nicht, aber er hatte es aus einer gutgläubigen Naivität getan, deswegen war Pia bereit, ihm zu verzeihen.
Ansonsten war sie sich sicher, dass er ihr guttun würde.
Ein Leben ohne Lorenz wäre schon jetzt kaum zu ertragen.
Er musste sich allerdings auch an sie gewöhnen.
Er musste sie so nehmen, wie sie war, mit all ihren Lau-

nen.
Pia war etwas beunruhigt. Nach seinem Sturz hatte Lorenz sehr resigniert ausgesehen. Es sah fast so aus, als würde er ihre Beziehung aufgeben wollen.
Das konnte Pia nicht zulassen.
Lorenz würde nicht so einfach aus ihrem Leben spazieren können.
Er war schon viel zu fest darin verankert.
Er hatte nur noch zwei Möglichkeiten.
Entweder war er ihr fester Freund mit all den dazugehörigen Privilegien oder er würde ein Spielzeug für sie werden, wie die anderen Männer.
Schon bald wollte Pia ihn vor die Wahl stellen.
»Ich weiß, dass Sie sehr in den sozialen Medien engagiert sind, Frau Schaumbach«, sagte Korben, spießte sich ein Stück von dem Apfelkuchen auf und schob es sich in den Mund.
»Ja. Ich habe eine große soziale Verantwortung«, erwiderte Pia, die ihren Apfelkuchen auf dem Teller noch nicht angerührt hatte.
Korben fuhr sich mit der Hand durch seinen Mittelscheitel.
»Das ist mir bekannt. Hauptsächlich verkaufen Sie allerdings Cremedosen jeglicher Art. Ansonsten waren Sie bis auf den Vorfall vor dem Parkplatz eher neutral in politischen Angelegenheiten.«
»Wieso politisch?«, fragte Pia ihn irritiert. »Ich wollte einfach, dass die beiden Herren ihre Maske tragen so wie jeder andere im Supermarkt auch.«
Korben lächelte sie schräg an. Pia mochte seinen fischigen Blick nicht.
Er fixierte sie wie ein Raubvogel seine Beute und Pia vermutete, dass er trotz seiner Ehe ein armseliges Sexleben hatte.
»Das ist doch längst politisch!«, sagte der Amerikaner etwas lauter. »Es sind politische Mittel, um die Bedürfnisse der ehrlichen und hartarbeitenden Bevölkerung zu unterdrücken. Wir sind schließlich dazu erschaffen worden dem Willen des Herrn zu folgen und nicht dem der Phar-

maindustrie.«

»Wenn Sie das sagen«, erwiderte Pia etwas müde und studierte ihre frisch lackierten Fingernägel.

»Ich möchte Sie gar nicht bekehren, meine Liebe. Aber ich denke, dass ich Sie überzeugen kann. Wenn Sie schon nicht dem Herrn dienen wollen, sollten Sie sich trotz allem über die geschäftlichen Aspekte einer Zusammenarbeit mit mir Gedanken machen.«

Pia wurde nach diesen Worten etwas wacher.

»Das heißt?«

»Sie sind ja schon sehr berühmt und berüchtigt. Dennoch können ein paar Follower mehr nie schaden. Das kann ich Ihnen bieten. Sowie einiges an finanzieller Zuwendung«, sagte Korben und spießte sich ein weiteres Stück vom Apfelkuchen auf.

»Ich bin nicht käuflich.«, sagte Pia und versuchte dabei, Bestimmtheit in ihre Stimme zu legen.

Korben lächelte, als er bemerkte, dass es ihr nicht ganz gelungen war.

»Der Herr liebt alle, die ihn lieben«, sagte er süffisant und nippte an seinem Saftglas.

Pia erinnerte sich an Lorena, eine Sandkastenfreundin von ihr, die bisexuell war.

Als Konversionstherapien an Minderjährigen noch nicht verboten wurden, wurde diese in ihrer Jugend in Korbens Einrichtung geschickt.

Pia wusste zwar nicht, ob Korben sie von ihrer angeblichen Krankheit geheilt hatte, allerdings spielte das nun auch keine Rolle mehr.

Lorena wurde kurz darauf nach einem Selbstmordversuch in eine geschlossene Psychiatrie eingewiesen und da sitzt sie bis heute.

Anstatt hier zu sitzen, sollte ich lieber meine Freundin mal wieder besuchen, dachte Pia. Sie wollte aufstehen, doch ihr Körper gehorchte nicht.

Außerdem wollte sie unbedingt wissen, was der Prediger von ihr wollte und vor allem, was er ihr zu bieten hatte.

Ein breitgebauter Security Mann mit Undercut-Frisur trat an ihren Tisch.

»Setz dich, Walter«, sagte Korben.

Walter setzte sich und starrte gierig auf den Teller von Pia, worauf immer noch der Apfelkuchen unangetastet ruhte.

»Hast du sie überhaupt auf Corona getestet?«, fragte Korben ihn.

Walter sah Pia ausdruckslos an.

»Nö.«

Dann fingen beide an zu lachen.

»Essen Sie das noch?«, fragte Walter.

Korbens Lächeln verschwand und er sah seinen Bodyguard missbilligend an.

»Also bitte, Walter.«

»Ich frag ja nur.«

Pia schob ihm ihren Teller hin. »Können Sie haben. Ich muss auf meine Linie achten.«

Korben hob seine Augenbrauen, sagte aber nichts.

»Sind Sie oft in Ihrer Heimat?«, fragte Pia.

»Wollen wir uns nicht duzen?«

»Bist du oft in deiner Heimat?«

Korben sah sie fragend an.

»Ich bin fast immer hier, ja.«

»Ich meine Amerika.«

»Da bin ich nicht mehr so oft. Deutschland ist meine Heimat. Und die möchte ich bewahren. Genauso wie die christlichen Werte«, erwiderte Korben und faltete seine Serviette sorgfältig zusammen.

»Ich mag Amerika. Ich möchte da gerne hin«, schwärmte Pia.

»Das kann ich mir vorstellen«, brummte Walter, bevor er sich wieder seinem Kuchen widmete.

Pia nickte bestimmt.

»Meine Welt ist nicht braun oder grau. Sie ist bunt« sagte sie und beobachte einen jungen Mann, der etwas weiter entfernt in Korbens Swimmingpool sprang.

»So, so. Bunt«, murmelte Walter.

Korben hob seine Hände. »Sie kann ja auch gerne bunt bleiben. Darum geht es mir doch gar nicht.«

»Worum denn dann?«, fragte sie und beobachtete den

Schwimmer, als er ein paar Bahnen zog.

Korben faltete seine Hände. »Du sollst lediglich etwas achtsamer deine Beiträge in den sozialen Netzwerken gestalten.«

»Ich lasse mir da von niemandem reinreden. Ich bin nicht so religiös und ich bin unabhängig«, erwiderte Pia scharf.

Korben schmatzte.

»Ist doch in Ordnung. Ich erwarte ja auch nicht von dir, dass du Psalmen aus der Bibel vorträgst. Es geht nur um die Beiträge, die mit der Corona-Thematik zu tun haben. Die werden wir gemeinsam absprechen und selektieren. Ansonsten bist du absolut frei«, sagte Korben und beobachtete zufrieden, wie es in Pias Kopf ratterte.

Er beugte sich vor.

»Die da oben wollen uns alles nehmen. Unsere Berufung. Unsere Fähigkeiten. Deine ist das soziale Netzwerk, meine ist die Kanzel.«

»Hmmm ... also ... ich weiß ja nicht so recht«

Pia spielte verlegen mit ihren Haaren.

Korben zwinkerte ihr zu. »Was willst du lieber? Eine Impfnadel oder eine Finanzspritze?«

Pia wollte eigentlich beides. Nur war noch nicht genug Impfstoff da und sie war auch noch nicht an der Reihe.

Pia hörte ein plätscherndes Geräusch und sah, wie sich das Wasser kräuselnd teilte, als der junge Schwimmer aus dem Becken stieg.

»Hat es euch geschmeckt?«, fragte Korbens Frau Erika, als sie die Teller abräumte.

»Ja, ja«, murmelte Korben.

»Soll ich ...«

»Siehst du nicht, dass wir beschäftigt sind!«, fuhr Korben sie an. »Ich führe gerade eine Unterhaltung.«

Erika nahm noch schnell die Teller mit, bevor sie wieder in die Villa ging.

»Wie spät ist es, Walter?«, fragte Korben und seine innere Ruhe schien ihn verlassen zu haben.

Pia meinte, ein kleines Hakenkreuz auf Walters Unterarm wahrgenommen zu haben, als sein Ärmel hochglitt, während er auf seine Uhr schaute.

Sicher war sie sich jedoch nicht.

Sie beobachtete wieder den jungen Schwimmer.

Er sah sehr gut aus.

Athletischer Körperbau.

Ausgeprägte Bauchmuskeln, an denen Lorenz sich mal eine Scheibe abschneiden könnte.

Ein schönes, ebenmäßiges Gesicht mit langen Wimpern.

Hohe Wangenknochen wie bei Lorenz.

Wenn nicht dieser hässliche Scheitel auf seinem Kopf gewesen wäre, hätte sich Pia auf der Stelle neu in Hasso verlieben können.

»Ey, Pia!«, rief er. »Willkommen im Widerstand.«

Pia schluckte, als Hasso sie breit angrinste.

Weder Lorenz noch ihre Follower wussten, dass sich die beiden schon lange vor dem Vorfall im Supermarkt kannten.

Pia erhob sich schnell. »Ohne mich. Ich muss gehen.«

Plötzlich packte Korben schmatzend ihre Hand. »Ich habe dir doch noch gar nicht den Betrag genannt, den ich dir zahlen werde.«

Pia wollte seine schmierige Hand am liebsten abstreifen.

»Ich bin nicht käuflich«, sagte sie und versuchte, dabei entschieden zu klingen.

Korben lächelte wissend.

Dann nannte er ihr die Summe.

21

Ich lag mit Halskratzen und Schüttelfrost im Bett. Alles tat mir weh. Seit Tagen testete ich mich auf Corona.
Die Schnelltests waren bis jetzt alle negativ ausgefallen.
Trotzdem war ich mir nicht absolut sicher, ob meine Erkältungssymptome nicht doch mit dem Aufenthalt im Boxklub zu tun hatten.
Mein unfreiwilliges Kampfsporttraining war nur wenige Tage her gewesen.
Doch Pia ließ nicht zu, dass ich zu einem Arzt ging.
Stattdessen verwöhnte sie mich mit Quarkwickeln, Kamillentee und verschiedenen Hautcremes.
Sie meinte, es läge an meinem Wasserbad in der kalten Spree, wo sie vielleicht auch recht haben könnte.
Nun hatte sie sich auch schon mehrmals für ihren Ausbruch entschuldigt.
Ansonsten war Pia stark beschäftigt mit sozialen Aktivitäten.
Ich konnte kaum schlafen. Ständig machte sie Kniebeuge und Liegestütze in einem hohen Tempo, bis sie außer Atem war. Dann filmte sie sich und brabbelte irgendwas über die Coronamaßnahmen in ihr neues Handy.
Heute sollte ich in ihren Beiträgen auch eine tragende Rolle spielen.
Sie stürmte hektisch ins Schlafzimmer, stellte einen Kaffeebecher ab und zeigte auf mich.
»Würg mich!«, befahl sie mir.
»Äh ... was?!«
»Du sollst mich würgen, Lorenz!«
Ich traute meinen Ohren nicht.
»Pia, ich fühle mich sehr schwach und ...«
»Ja, das ist ja nichts Neues!«, unterbrach sie mich ungeduldig und verdrehte die Augen.
«... und ich möchte dich eigentlich nicht würgen. Das ist nicht so meine Art und ...«
»Lorenz, tu es doch einfach, bitte!«, flehte sie mich an.
»Stehst du wirklich auf so was?«, fragte ich sie fassungslos.

»Ja, schon ein bisschen aber ... aber damit hat das jetzt nichts zu tun!«
Ich umschloss vorsichtig mit meiner Hand ihren Hals.
»Nein! Lorenz! Du machst das falsch! Das hinterlässt Spuren! Nimm deinen Unterarm.«
Ich zögerte irritiert.
Sie stöhnte laut auf, lehnte sich mit dem Rücken an mich und legte sich meinen Unterarm um den Hals.
»Und jetzt drück zu.«
Ich drückte vorsichtig.
»Fester!«, befahl sie.
Ich drückte etwas fester.
»Fester, hab ich gesagt!«
Ich drückte noch etwas fester.
»Fester«, sagte sie nun mit gepresster Stimme.
Ich drückte fester.
Sie klopfte mir auf den Arm. »Aufhören.«
Ihre Stimme war nun so gepresst, dass ich sie nicht gleich verstand.
»Aufhören! Habe ich gesagt!«
Ich ließ ihren Hals los.
»Danke«, sagte sie heiser und küsste mich auf die Stirn.
Dann nahm sie wieder ihr Handy und sprach mit belegter Stimme und völlig außer Atem hinein.
«Es ist jedes Mal dasselbe, liebe Freunde. Immer wieder habe ich diese Symptome, wenn ich eine Maske getragen habe. Ich habe mittlerweile nicht nur Angst um meine Freiheit, sondern auch um mein Leben. Ich glaube, sie machen mich krank diese Masken. Diese Maßnahmen sind ...«
Entsetzt ging ich dazwischen. »Pia ... was?«
»Moment! Ich melde mich gleich noch mal«
Überrascht unterbrach sie ihre Liveübertragung.
Sie starrte mich anklagend an. »Lorenz! Was soll das?«
»Das kannst du doch nicht machen!«, rief ich.
»Nein! Du kannst das nicht machen! Du störst mich bei der Arbeit!«, piepste sie. Ihre Stimme war nun wieder vollkommen freigelegt und entfaltete ihr volles Potenzial.

»Du kannst doch nicht einfach Falschmeldungen ...«
Pia nahm ihren Kaffeebecher samt Stuhl und setzte sich mir gegenüber.
»Okay, Lorenz. Wie kannst du dir so sicher sein, dass das mit den Masken irgendwas bringt?«
»Na ja. Die Wissenschaftler sagen das und so.«
»Oh!«, rief Pia. »Die Wissenschaftler, also. Die ändern doch eh jeden Tag ihre Meinung. Woher wollen die das denn so genau wissen?«. fragte mich Pia und tat so, als würde sie angestrengt nachgrübeln.
»Pia. Du kannst doch nicht ...«
»Natürlich kann ich! Es geht um unser Überleben, Lorenz! Du arbeitest gerade nicht. Ansonsten nur halbtags. Wir brauchen aber Geld. Diese Wohnung frisst einiges und ich muss dich die ganze Zeit durchfüttern. Deswegen hole ich gerade die heißen Kartoffeln für uns beide aus dem Feuer. Seit diesen Beiträgen habe ich viel mehr Follower. Das bedeutet auch, dass ich mehr Aufträge und mehr Kunden bekomme. Das wiederum bedeutet mehr Geld. Verstehst du, was ich meine, Lorenz?«
»Ja, schon. Und dein Fleiß ist ja auch zu ehren, aber ...«
»ABER WAS?! WAS WILLST DU?!«, schrie sie plötzlich.
»Das sind Fake News!«, rief ich.
Es brannte plötzlich, als Pia mir den gesamten, dampfenden Inhalt ihres Kaffeebechers ins Gesicht klatschte.
»DU MUSST MICH STÄNDIG KRITISIEREN!«, brüllte sie mich mit großen Augen an, während mein Gesicht brannte. »ANDAUERND HACKST DU AUF MIR HERUM! KEIN NETTES WORT! DU SAGST MIR NIE, DASS ICH SCHÖN BIN! DU SAGST MIR NIE, DASS DU MICH LIEBST!«
Mein Gesicht brannte noch mehr, als Pia weit ausholte und mir mit der flachen Hand auf die Backe schlug.
Der Knall tat sogar in meinen Ohren weh.
Als ich aufstand, trat sie mir wuchtig in den Rücken.
Ich stolperte, schaffte es aber, mich in den Flur zu retten.
Ich rannte ins Badezimmer, um mein Gesicht zu kühlen, während sie kreischend Gegenstände nach mir warf.
»ICH TU DAS ALLES NUR FÜR DICH! VERSTEHST DU!

NUR FÜR DICH! DU UNDANKBARES SCHWEIN!«
Ich schaffte es gerade noch rechtzeitig, die Badezimmer-
tür hinter mir abzuschließen, bevor Pias Körper dagegen
krachte.
»ICH ARBEITE UND BEDIENE DICH, WÄHREND DU
FAUL UND NÖLEND IN DER ECKE LIEGST, WIE EIN
SACK MÜLL! ES KOTZT MICH SO WAS VON AN!«, dröhn-
te es von außen.
Ich spülte mir mein Gesicht mit kaltem Wasser. Es brann-
te immer noch.
Ich war schon immer sehr betroffen gewesen, wenn ich
in den Nachrichten Meldungen über sogenannte Bezie-
hungstaten gehört hatte.
Der relativierende Begriff war schlichtweg falsch.
Mit einer Seifenoper hatte das Ganze nichts zu tun.
Hinter so einer Tat lag keine Liebe.
Es hatte nichts Romantisches an sich.
Es war brachiale Gewalt, wenn der Lebenspartner plötz-
lich zu deinem schlimmsten Feind wurde.
In den allermeisten Fällen litten Frauen darunter.
Viele von ihnen starben daran.
Jeden Tag.
»ICH HASSE DICH! DU BIST WIE EIN NUTZLOSES
SPIELZEUG! DIR SOLLTE MAN DEN KOPF ABREISSEN!«,
kreischte meine Freundin.
Nun wurde mir bewusst, wie entsetzlich es für die Opfer
sein musste, den unkontrollierten Ausbrüchen wehrlos
ausgeliefert zu sein.
Pia wurde an der Tür etwas ruhiger.
»Lorenz. Mach sofort die Tür auf.«
Sie klopfte energisch.
»Du hast mich so weit gebracht. Das musste nicht so hef-
tig sein. Tut mir leid … aber … es ist deine Schuld. Ich
habe es satt, dass du mich emotional missbrauchst. Ich
kann es nicht mehr ertragen. Ich weiß, du liebst dich selber nicht. Nur da kann ich jetzt leider auch nichts für.
Das musst du nicht auf mich übertragen.«
Ich klatschte mir weiter Wasser ins Gesicht, statt zu ant-
worten.

Tränen stiegen in meine Augen.

Sie klopfte und sprach beherzt weiter.

»Auch wenn du dich selber nicht liebst, möchte ich trotzdem von dir geliebt und geachtet werden. Du musst mich schon sehen und anerkennen. Du musst mich als deine Partnerin respektieren.«

Es wurde still und ich hörte nur meine eigenen Gedanken.

Herzlichen Glückwunsch, dachte ich.

Ich war nun ein Opfer.

Meistens erging es den Frauen so.

Sie waren den Launen ihres männlichen Partners wehrlos ausgeliefert.

Ich stand vom Geschlecht her auf der anderen Seite.

Ich konnte mich physisch viel besser wehren.

Doch mein Geist und mein Körper weigerten sich.

Ich war sicher nicht der einzige Mann, dem es so ging.

Angeblich lag auch da die Dunkelziffer weitaus höher.

»LORENZ! BITTE, MACH AUF!«, rief Pia immer noch laut, aber wieder freundlich. »Wir kriegen das schon wieder hin. Weißt du, ich ...«

Plötzlich unterbrach sie sich selbst und schenkte mir eine Schweigeminute.

»Ach, weißt du was? FICK DICH DOCH!«, sagte sie dann mit eisiger Stimme und ich hörte sie wütend davoneilen.

Eine Tür knallte.

Mir kam eine erschütternde Erkenntnis.

Ich wusste bei den anderen männlichen Opfern die Gründe nicht, warum sie sich nicht wehrten.

Vielleicht, weil sie einfach keine Frau schlagen wollten.

Bei mir lag es nicht daran, dass ich Pia nicht wehtun konnte.

Es war ein ganz anderer Grund.

Ich wollte mich selbst bestrafen.

Ich musste es.

Jeden Tag.

Musste büßen.

Für meine Tat.

Für die Frau, die ich jeden Tag im Spiegelbild sah.

Für die sterbende Mutter.

22

»Du warst ja auch schon lange nicht mehr hier«, sagte Martin zu mir, der nach zwei Wochen Krankmeldung nun wieder seiner Arbeit nachging.

Ich schwieg. Der letzte Tag hing mir immer noch nach. Also konzentrierte mich auf das Regal mit den Tütensuppen.

»Oh. Der Herr redet nicht mehr. Du bist jetzt ja so ein berühmter Influencer geworden, nicht wahr? Was machst du überhaupt noch hier?«, fragte mein Kollege.

Statt zu antworten, schob ich eine Fertigpackung Käse-Sahne-Nudeln ins Warenregal.

»Ganz schön empfindlich. Was ist denn mit deinem Gesicht los? Warum ist das so rot?«

Meine Lippen zitterten, als die ersten Tränen aufstiegen.

»Alles okay?«, fragte Martin irritiert. »Was ... was habe ich denn jetzt falsch gemacht?«

Per eilte mir zu Hilfe.

»Martin. Geh mal zu den Tiefkühlpizzen. Die brauchen eine Wartung. Na, mach schon«, sagte er und schob ihn weg.

»Alles okay?«, frage er mich dann und ich sah zum ersten Mal etwas Weiches in seinen Augen aufblitzen.

Ich nickte, während mir weitere Tränen die Wange herunterkullerten.

»Komm. Bitte nicht hier«, flüsterte Per und schirmte mich vor ein paar neugierigen Kundinnen ab, während er mich in einen toten Winkel schob.

Ihm schien tatsächlich mein öffentlicher Gefühlsausbruch unangenehmer zu sein, als mein aktueller Zustand.

Plötzlich stand auch Lene neben ihm. Fast halb so groß wie er und noch zierlicher.

Sie sah mich an, sagte aber nichts. Als würde sie meine Situation verstehen, von der sie gar nichts wissen konnte.

Nun kam auch Sonja.

»Lorenz? Was ist denn los?«, fragte sie und legte einen Arm um meine Schulter.

Ich zitterte, trotz ihrer warmen Geste.
Mein Schamgefühl hinderte mich am Sprechen.
»Lorenz, was ist denn jetzt?«, fragte Per nun etwas ungeduldiger.
Ich wollte nicht vor allen dreien meine Situation schildern, die mir ohnehin schon sehr unangenehm war.
Lene und Sonja schienen das zu verstehen.
Sie tauschten Blicke untereinander aus.
»Komm Schatz. Lassen wir sie mal in Ruhe reden«, sagte Lene zu Per.
»Aber ...«
»Nun komm schon!«
Sie zog Per am Ärmel weg.
Trotzdem fühlte ich mich hier nicht wohl.
»Können wir nicht woanders ...«
Sonja verstand sofort, was ich meinte.
Sie rief nach Lene.
»Ja?«, fragte diese.
»Ich weiß, das ist jetzt viel verlangt, aber kannst du heute für uns übernehmen? Martin ist ja da und vielleicht kann Per ...«
»Kein Problem. Geht mal reden«, sagte Lene sofort.
Per brummelte etwas in seinen Oberlippenflaum, was keiner von uns verstand, nickte dann aber zustimmend.

»Da hast du dieses Mal noch großes Glück gehabt. Ich hatte auch mal so eine Verbrennung. Das wird wohl keine Narben hinterlassen«, sagte Sonja als sie mein Gesicht studierte.
Beruhigt sah sie aber nicht aus.
»Was machst du denn für Sachen, Lorenz?«, fragte sie mich entsetzt.
»Ich ...«
Ich hörte ein Geräusch am Fenster.
Schritte auf dem Baugerüst.
Doch Sonja nahm mich am Kinn und drehte mein Gesicht in ihre Richtung.
»Der Nachbar geht nur Rauchen. Bleib bei mir, Lorenz.«

»Ich weiß ja nicht. Ich muss mit ihr reden. Ich ...«.
»Nein, nein!«, unterbrach mich meine Kollegin. »Du kannst nicht mehr mit dieser Frau zusammen sein. Sie wird dir das nächste Mal richtig wehtun. Das wird nie aufhören. Erst wenn du tot bist. Bitte, mir liegt etwas an dir! Warum tust du dir das an, Lorenz?«
»Du musst das verstehen. Ich bin manchmal auch nicht ohne. Ich bin oft so ignorant und kalt. Das triggert sie sicher auch. Sie ist ...«
»Sieh sie jetzt bloß nicht als Opfer, oder dass du irgendwas dafür kannst! Du bist viel besser als sie!«, unterbrach mich Sonja wieder scharf.
Wir saßen zusammen auf einer alten Couch in ihrer kalten Wohnung. Ab und zu husteten wir abwechselnd. Es lag viel Staub in der Luft, da die Außenwände der Wohnanlage gerade saniert wurden.
»Warum tust du dir das an? Du bist ein gestandener Mann, Lorenz. Du hast viel mehr als das verdient.«
Ich war mir da nicht ganz so sicher.
Auch die sterbende Mutter erzählte mir eine andere Geschichte.
Wieder fing ich an zu weinen.
Meine selbst auferlegte Strafe schien mir mehr zuzusetzen, als ich erahnt hatte.
Plötzlich sprudelte alles aus mir heraus.
»Ich ... ich habe viel Schlimmeres als das verdient.«
Nun sah Sonja sehr traurig aus.
»Warum sagst du so was?«
Ich konnte nicht mehr.
Mit tränenerstickter Stimme erzählte ich ihr von der sterbenden Mutter und ihrer kleinen, weinenden Tochter.
Ich konnte Sonjas Reaktion beim Erzählen nicht genau einschätzen.
Sie sah mich mit großen Augen an, sagte aber nichts und ließ mich ausreden.
»Ich verstehe«, sagte sie dann müde, als ich fertig war.
Ich sah sie an. Sie hingegen sah verlegen zu Boden.
»Das ist schon heftig«, murmelte sie. »Aber du bist ehrlich zu mir. Danke für dein Geständnis.«

Eine Kralle legte sich um mein Herz.

»Ich kann nicht mehr! Es tut mir so leid. Ich weiß nicht, wie ich das wieder gut machen kann«, stammelte ich.

»Es ist nun mal geschehen, Lorenz«, sagte sie leise.

»Es gibt keine Vergebung dafür.«, sagte ich und sah nun auch zu Boden.

»Ich vergebe dir«, sagte Sonja nach einer Weile.

Die Kralle lockerte ihren Griff etwas und ich konnte aufatmen.

»Alles andere wirst du nicht mehr ändern können«, fuhr Sonja fort. »Und diese selbst auferlegte Strafe wird keinem mehr helfen. Hör endlich auf zu leiden.«

Dann nahm sie mit beiden Händen mein Gesicht und küsste mich.

Ich erwiderte den Kuss. Er wurde immer leidenschaftlicher.

Plötzlich hörte ich vom Flur ein Geräusch. Es klang wie in zufallendes Fenster.

Ich erschrak und löste unseren Kuss auf.

»Was ist denn, Lorenz?«, fragte Sonja mit erregter Stimme.

»Da war doch eben ein Geräusch im Flur.«

»Keine Angst. Ich lüfte gerade nur das Schlafzimmer. Kann sein, dass der Wind das Fenster zugeweht hat.«

»Hast du keine Angst, dass jemand über das Baugerüst hier rein klettern könnte?«

Sonja seufzte.

»Mach dich locker, Mann. Ich hol mal Wein. Du bist ja total verspannt.«

Wenig später kam sie mit zwei gutgefüllten Weingläsern zurück.

»Ich hab nachgesehen. Da war keiner. Hast du immer noch Angst?«.

Ich verneinte unsicher.

Ich meinte, nun in der Küche ein Geräusch gehört zu haben.

Sonja kicherte.

»Du Schisser. Keine Sorge. Ich beschütz dich schon«, rief sie neckisch.

Dann tranken wir langsam den Wein aus.
Er war lieblicher als der von Pia.
Als wir die Gläser geleert hatten, küssten wir uns wieder.
Sie zog mich ins Schlafzimmer.
Wir zogen uns aus.
Küssten uns noch leidenschaftlicher.
Irgendwann küsste ich ihre Brüste.
Sie waren genauso wohlgeformt wie die von Pia, nur die Brustwarzen waren um einiges kleiner.
Sonja knabberte zärtlich an meinem Ohr.
Mir wurde erst warm, dann schwindelig.
Plötzlich fielen wir erschöpft ins Bett.
Mein Geständnis schien uns beide ermüdet zu haben.
Ich sackte auf Sonja zusammen.
Bevor ich in einen tiefen Schlaf fiel, sah ich noch mal die sterbende Mutter vor mir.
Ich ahnte nicht, dass meine Tat heute Nacht zwei Mal brutal auf ähnliche Weise nachgeahmt werden sollte.

23

Pia sah auf die beiden Schlafenden unter ihr, während sie mit dem langen Küchenmesser spielte.

Er hat mich betrogen.

Mein Spielzeug hat mich betrogen.

Sie hat mir mein Geschenk genommen.

Das wird eine Sauerei geben.

Pia betrachtete das Messer, welches sie sich aus der Küche von Sonja geborgt hatte.

Sie war nicht nur von dem Verrat verletzt.

Viel mehr verletzte sie die Ignoranz der beiden Turteltäubchen.

Sie war die ganze Zeit auf dem Gerüst gelaufen.

Die beiden hatten nicht mal aus dem Fenster gesehen, als Pia sie bei ihrem Betrug beobachtete.

Sonja sah nur halbherzig ins Schlafzimmer, als Pia sich unter dem Bett versteckt hatte.

Sie hörten sie nicht in der Küche hantieren, als die beiden miteinander herummachten.

Die mussten ja ganz schön verliebt sein.

Pia kreischte laut auf, bevor sie Lorenz von Sonja herunterrollte.

Die beiden würden jetzt erst einmal nicht aufwachen.

Mit der Menge an Schlaftabletten im Wein würde sogar ein Elefant seinen Rausch ausschlafen.

Nein, sie würden jetzt nicht aufwachen.

Vielleicht nie mehr.

Das lag nun in Pias Hand und ihr Messer führte sie.

Was sollte wohl zuerst abgeschnitten werden?

Pia überlegte.

Sie krabbelte über Lorenz. Sah auf seinen nackten Körper.

Das Messer kreiste sanft über sein Skrotum, die scharfe Spitze hob anschließend seinen Penis an.

Soll ich ihm seine Eier aufstechen oder sein Schwänzchen abhacken?

Pia legte einen Finger auf ihre aufgespritzten Lippen, während sie nachdachte.

Nein! Das wäre zu einfach!
Er muss länger leiden!
Viel länger!
Schließlich ist er mein Geschenk, mein Spielzeug.
Dann hockte sie sich rittlings auf Sonja.
Streichelte mit dem Messer über ihr Gesicht.
Sah ihre schönen, vollen Lippen, die vermutlich echt waren.
Pia stöhnte wehmütig auf.
Ihre Eigenen waren vor der Operation viel zu schmal gewesen.
Ein kleiner Fischmund.
Ihr Messer kreiste nun um Sonjas Brustwarzen.
Sie hatte schöne Brüste.
Konnten mit ihrem eigenen Busen mithalten.
Eine Naturschönheit.
Da war niemals nachgeholfen worden.
Da war Pia sich sicher.
Sie konnte Lorenz verstehen.
Sonja war wunderschön.
Von innen wie außen.
Trotzdem konnte sie es ihm nicht durchgehen lassen.
Pia überlegte, ob sie Sonjas Lippen oder ihre Brustwarzen abschneiden sollte.
Doch das fand sie dann doch zu inkonsequent.
Sie würde zu schnell verbluten.
Am liebsten wollte Pia die Rivalin komplett aus ihrem Leben entfernen.
Zwei Spielzeuge waren eins zu viel.
Sie sah sich noch einmal ihre schöne Nebenbuhlerin an, bevor sie mit einem wütenden Schrei das Messer erhob.

24

»Und schmeckts dir, mein Bärchen?«, fragte Zarjo, als er Ron eine Marzipanpraline in den Mund steckte.

Ron genoss es mittlerweile, mit Zarjo eng umschlungen im Bett zu liegen und von ihm gefüttert zu werden.

Der Rapper hatte ein Bein um ihn gelegt, während er mit seiner freien Hand Rons ausladende Brustbehaarung kraulte.

»Jetzt kommt Nugat. Mach den Mund auf«, rief Zarjo. Beide kicherten als Ron zubiss.

»Du bist ein guter Kerl«, sagte Ron schmatzend. »Ich habe dich falsch eingeschätzt.«

Zarjo sah Ron tief in die Augen.

Sein Blick war warm.

»Du dachtest wirklich, ich würde dich mit diesem Studenten betrügen?«

Ron sah ihn zweifelnd an. Sagte aber nichts.

»Hey, ich hab dich was gefragt. Antworte mir, oder du kriegst keine Praline mehr von mir!«, scherzte Zarjo und lächelte ihn schelmisch an.

»Na ja. Du hast manchmal so ein hartes Auftreten. Ich hätte dich niemals so wie jetzt eingeschätzt. Du bist so forsch und selbstbewusst. Das du dann so ... äh ... ich meine, du hattest ja Pia. Und jetzt mich?«, frage Ron aufrichtig verwundert.

»Warum denn nicht? Was ist denn daran falsch?«, fragte Zarjo etwas ernster.

»Ich will ja gar nicht sagen, dass ... aber ...«

»Kein aber! Du hast Vorurteile gegen mich. Gegen das, was wir gerade miteinander tun.«

Ron schluckte beschämt. Zarjo hatte recht.

»Hey, ist okay. Habe ich auch. Deswegen habe ich die ganze Zeit eine Maske getragen. Habe mich verstellt. War nicht authentisch. Diese ganzen sexistischen Sprüche. Mein Machogehabe. Ich wollte es nicht wahrhaben. Ich wusste nicht, wie meine Freunde reagieren. Meine Fans. Ich bin mittlerweile sehr gut im Hip-Hop-Business vernetzt. Auch gegen Igor hatte ich Vorurteile. Er kommt aus Ungarn, da ist einiges im Gange gegen Menschen wie mich. Ich glaube aber mittlerweile, dass der Boss es cool nehmen würde«, sagte Zarjo und streichelte Ron über seine kahlen Haarstoppeln.

Ron strich mit seinen Fingern über die Narbe auf Zarjos Unterarm.

»Wer hat dir das angetan? Hatte das was mit deinem Outing zu tun?«

Zarjo blinzelte.

»Ja.«

»Wer war das?«

»Pia.«

Ron glaubte, er hätte sich verhört.

»Was?«

»ES WAR PIA«, sagte Zarjo überdeutlich.

Ron schüttelte den Kopf.

Das übertraf seine Vorstellungskraft.

Nein, das konnte nicht sein.

Sie war ein Opfer.

Ein Engel.

Ron dachte wieder daran, dass er sehr lange vor Zarjos Haustür gewartet hatte.

Zu lange für einen Freundschaftsbesuch.

Er dachte wieder an seine Frau.

Ihre ständige Abwesenheit.

Wie sie alles abstritt, als Ron sie mit seinem Verdacht konfrontiert hatte.

Immer wirst du verarscht.

Immer wieder.

Alle lügen.

Zarjo sah in Rons skeptisches Gesicht, bevor er pikiert an die Decke starrte.

»Warum habe ich das Gefühl, dass du mir nicht glaubst. Aber das ist ein Fakt. Es war Pia. Sie hat es herausgefunden und dann ist sie total durchgedreht.«

»Du lügst!«, knurrte Ron. »Sie ist ein Engel.«

Zarjo lachte laut auf. Er sah nicht, wie Ron die Augen aufriss, weil er weiter an die Decke starrte.

»Die? Niemals! Sie ist der Teufel. Das Böse in Person. Ich

wäre fast verblutet wegen der. Eigentlich habe ich mir geschworen, nie wieder was frauenfeindliches zu sagen. Aber immer, wenn ich an diese verlogene Fotze denke, kommt es mir hoch. Sie ist so ein psychotisches Miststück. Die größte Schlampe, die je über die Erde geschlurft ist. Absolut ekelerregend und bösartig. Ich habe versucht, ihren Freund zu warnen. Dabei bin ich wohl etwas hart gewesen, aber ich musste ihm klar machen, dass dieses verzogene Dreckstück nicht die richtige für ihn ist!«, fluchte Zarjo immer noch an die Decke starrend.

Er sah nicht Rons kreidebleiches Gesicht.

Sah nicht seine geballten Fäuste.

»Okay. Themawechsel«, sagte Ron um Beherrschung bemüht.

»Na, endlich.«, sagte Zarjo etwas genervt. »Lass uns doch nicht streiten wegen dieser Ausgeleierten ...«

»So, jetzt wirst du gefüttert! Mach den Mund auf!«, befahl Ron.

Zarjo war sofort begeistert.

»Das gefällt mir. Endlich bist du mal nicht so passiv. Ich mag dich, wenn du so dominant sprichst, Bärchen, ich ...«

»Mund auf, hab ich gesagt!«, rief Ron böse.

Zarjo öffnete brav seinen Mund.

Ron nahm sämtliche Pralinen aus der Schachtel und stopfte sie nacheinander in Zarjos Rachen.

»Halt. Nicht ... nicht so viel auf einmal. Ich hab ...«, sagte Zarjo nach Luft schnappend, nachdem er sich verschluckt hatte.

»Halt die Fresse und schluck!«, brüllte Ron, während er sich auf den japsenden Zarjo warf und ihm dabei den Mund zudrückte.

Zarjo zappelte panisch unter Ron, während dieser auf ihm lag.

»SO! WER IST JETZT DAS MISTÜCK, HÄ?«, schrie Ron, während er sein ganzes Gewicht auf Zarjo verlagerte.

»DU HAST DIESEN ENGEL BENUTZT UND BESCHMUTZT, DU MIESER BASTARD! DU HAST MICH BELOGEN UND BENUTZT, DU SCHWULE SAU!

TU MIR EINEN GEFALLEN UND ERSTICK AN DEINEN SCHMIERIGEN PRALINEN, DU DRECKIGES SCHWEIN!«, kreischte Ron immer noch auf Zarjo liegend und drückte ihm den Mund zu, bis er erstickt war.

Ron spürte den erschlafften Körper unter sich.

Es wurde ihm kalt und schwindelig zugleich.

Er war verwirrt und gleichzeitig entsetzt von seinem Ausbruch.

Nach einer Weile rollte er erschöpft von Zarjo herunter.

Er sah den jungen Mann an.

Er sah Entsetzen und eine merkwürdige Traurigkeit in dessen Gesicht.

Sah so ein Lügner aus?

Zu viele Fragen auf einmal.

Ron wurde übel.

Er rannte zur Toilette, um sich zu übergeben.

Gerade noch rechtzeitig erreichte er die Kloschüssel.

Nach einer Weile der Entschlackung kehrte er an Zarjos Bett zurück.

Er war verwirrt.

Er wusste gar nichts mehr.

Zarjo sah so unschuldig aus.

Jung und unverbraucht wie ein Engel.

Aber vielleicht konnten auch Engel lügen?

25

Cynthia war schon länger aufgefallen, dass ihr Mann sich immer merkwürdiger benahm, sich ins Arbeitszimmer zurückzog, nachts oft lange wegblieb.
Sie beschattete ihn, während sie vorgab, irgendwelche Geschäftsessen zu haben.
Das erste Mal hatte er sie unbewusst abgehängt.
Das zweite Mal sah sie ihn vor Pias Eigentumswohnung mit einem Fernglas stehen, bevor er anschließend einen älteren Herren brutal zusammengeschlagen hatte.
Cynthia fuhr den verwundeten Mann ins Krankenhaus.
Sie hatte einen hohen Posten in einer Immobilienfirma, versorgte generell ihren Mann mit und konnte auch Rons Opfer schnell ein überzeugendes Angebot unterbreiten.
Also bekam der Mann eine hohe Summe Schmerzensgeld und Cynthia, die es damals noch für einen einmaligen Ausraster hielt, dachte, sie hätte das Schlimmste hinter sich.
Dann hatte sie beim Putzen in Rons Arbeitszimmer etliche Fotos mit ausgestochenen Augen gefunden.
Fotos von Männern, die mit Pia zusammen waren.
Wie Cynthia später herausfand.
Sie wollte ihm eigentlich nicht nachspionieren, dennoch fand sie dann noch in seinem Browserverlauf einige Hinweise über die Kommunikation zwischen den beiden.
Eifersüchtig begann sie nun Ron und Pia gleichzeitig zu stalken.
Nun war es ihr endlich gelungen, den Babysitter zu wechseln, und sie konnte somit Daniel aus der Schusslinie nehmen.
Jetzt wollte sie um ihre Familie kämpfen.
Sie hatte schon eine ganze Weile mit dem Türsteher von Igors Boxklub diskutiert, der einen aktuellen Schnelltest von ihr sehen wollte.
Nach einer Weile holte dieser zähneknirschend seinen Boss.
»Was wollen Sie?«, fragte Igor Cynthia.
»Ich will hier rein.«

»Dann müssen Sie einen negativen Schnelltest vorzeigen.«

»Ich hab leider keinen. Aber hier trainiert eine Frau, die meine Familie zerstören will. Ich muss hier rein.«.

»Sie meinen bestimmt die cremige Pia.«

»Ja! Ist sie hier?«

»Ja.«

»Es geht um meine Familie. Lassen Sie mich bitte rein.«

»Nicht ohne Schnelltest.«

»Warum wollen Sie mir nicht helfen?«

»Sie brauchen einen Schnelltest«, sagte Igor geduldig.

»Sie betreiben ein illegales Fitnessstudio, wollen aber einen Schnelltest? Wie passt das zusammen?«

»Ich habe einen Bruder im Pflegeheim. Da sind in den letzten Wochen schon einige gestorben. Ich will weitere Tote vermeiden. Damit das Ganze hier funktioniert, brauche ich also den Schnelltest«, erwiderte Igor. Normalerweise würde er sie einfach nach Hause schicken, statt sich zu rechtfertigen, aber er mochte die Frau irgendwie. Er seufzte. »Warten Sie bitte kurz. Wir sollten noch welche auf Lager haben.«

Fünfundzwanzig Minuten später stand Cynthia im Boxklub.

»Hey Pia!«, rief sie.

Pia, die gerade im Boxklub den Sandsack traktierte, drehte sich fragend um.

»Ja? Was wollen Sie?«, fragte sie etwas außer Atem.

»Wir können uns ruhig duzen. Tu dir keinen Zwang an.«

Pia sah sie irritiert an. »Kennen wir uns?«

»Ich kenne dich ganz gut. Du hast meine Ehe zerstört. Unsere Familie. Du hast meinen Mann verhext. Er ist nicht mehr derselbe«, sagte Cynthia kalt und zeigte anklagend mit dem Finger auf die Influencerin.

»Wovon redest du eigentlich?«, rief Pia gereizt und zog einen beleidigten Schmollmund. »Ich verhexe niemanden. Alle Männer kommen freiwillig zu mir.«

»Ich rede von Ron! Und ich will, dass du ihm endlich die Wahrheit sagst!«, schrie Cynthia.

»Ach, der«, sagte Pia unschuldig. »Die Wahrheit? Was für eine Wahrheit meinst du denn?«

»Du sollst ihm sagen, dass du dich einen Dreck für ihn interessierst, ihn nur ausgenutzt hast und er aus deinem Leben endlich verschwinden soll!«, fauchte Rons Frau.

Pia knetete ihre Lippen. »Nö. Will ich aber nicht.«

Cynthia starrte sie fassungslos an. »Warum nicht?«

»Er ist ein Geschenk für mich. Er ist ein Spielzeug.«

»Die cremige Pia hat viele Spielzeuge«, sagte Igor mit einem bedauernden Lächeln.

»Er ist viel zu alt für dich!«

Pia sah ihre Kontrahentin mit einem dünnen Lächeln an. »Nö. Du bist viel zu alt für ihn«, sagte sie zu der 35-jährigen Mutter.

Igor stieß scharf Luft aus, beobachtete aber weiter neugierig die Konfrontation.

»Wir haben einen Sohn. Er leidet jetzt schon darunter. Ich bitte dich noch mal freundlich, damit sofort aufzuhören«, sagte Cynthia.

»Du kannst mich auch gerne unfreundlich bitten.«

Pia trat einen Schritt auf sie zu.

Igor sah etwas Beunruhigendes in ihren Augen aufblitzen.

Irgendwas ist vorgefallen, dachte Igor.

Sonst trainierte sie tagsüber.

Nun war sie das erste Mal nachts gekommen und trainierte schon stundenlang mit einer noch extremeren Verbissenheit.

»Pia, ich bitte dich als Mutter.«

»Pia, ich bitte dich als Mutter!«, äffte Pia sie mit hoher Stimme nach, obwohl Cynthia eine viel tiefere Stimme hatte als sie.

Pia stieg über die Ringseile.

»Du kannst mir gerne folgen, wenn du dich traust, Mutti.«

Cynthia wollte ihr folgen, doch Igor hielt sie zurück.

»Ich mag dich, deswegen gebe ich dir einen guten Rat: Tu es nicht. Die cremige Pia ist gefährlich. Sie kämpft nicht fair.«

»Sie muss aber gestoppt werden«, sagte Cynthia entschlossen.

»Das wird sie irgendwann von selbst tun.«

»Dann ist es zu spät.«

Cynthias schüttelte den Kopf und kletterte ebenfalls in den Ring.

Sie baute sich vor Pia auf.

»Ich warne dich. Ich habe auch lange Kampfsport gemacht, Pia. Zum letzten Mal, lass meinen Mann in Ruhe.«

»Bla, bla, bla.«, sagte Pia.

Igor betrachtete Cynthia, die ähnlich wie Pia athletisch gebaut war.

Pia streifte sich ein rosa Armband vom Unterarm und entfernte sich von ihrer Gegnerin.

»Warte. Ich muss das eben noch in die Ecke ...«, begann sie, bevor sie sich schlagartig umdrehte und zu einem Tornadokick auf Cynthias Kopf ansetzte.

Die war jedoch vorbereitet und wich in letzter Sekunde aus.

Als Pia wieder mit beiden Füßen auf dem Boden landete, kassierte sie einen kraftvollen Schlag in den Magen.

Seufzend klappte Pia zusammen.

»So. Dann hätten wir das ja geklärt«, sagte Cynthia müde und reichte der japsenden Pia die Hand.

»Bitte ... es ... es tut mir leid. Ich lass ... lass deinen Mann in Ruhe. Nicht mehr schlagen!«, röchelte Pia und nahm Cynthias Hand, damit die Mutter sie hochziehen konnte.

Igor sah wieder etwas Gefährliches in Pias Augen aufblitzen. Er wollte Cynthia warnen, doch es war zu spät.

Ihre Beine schossen plötzlich hervor und legten sich wie eine Schere um Cynthias Hals, während Pia ihren ganzen Körper anspannte.

Sie drückte ihr die Luft ab, bis diese zu Boden sackte.

Dann warf sich Pia mit einem schrillen Kampfschrei auf sie.

Sie schlug kreischend mit den Fäusten auf Cynthia ein, während sie auf ihr saß.

»Hör auf, Pia!«, brüllte Igor.

Doch er kam nur schwer gegen ihr Gekreische an.

»WAS HABE ICH DIR DENN GETAN? DU KOMMST EIN-FACH HEREINGEWACKELT UND WILLST MIR MEIN SPIELZEUG WEGNEHMEN?«
Sie legte der reglosen Cynthia beide Hände um den Hals und fing an, sie zu würgen.
Fluchend sprang Igor auf und wollte dazwischen gehen.
Doch er blieb mit seinem Fuß am Stuhl hängen und fiel der Länge nach zu Boden.
»IHR ALLE WOLLT MIR MEINE SPIELZEUGE WEGNEH-MEN! DAS KANNST DU VERGESSEN! FICK DICH, SCHLAMPE! ICH HABE ES SO SATT! ICH WILL MEIN SPIELZEUG!«, schrie Pia und würgte immer noch ihre Ri-valin, obwohl diese schon längst tot war.

Igor stand kurz vor dem Herzinfarkt.
Niemand wusste, dass er nur offiziell die Nummer eins im Klub war.
Aus den harten Geschäften war Igor ausgestiegen, anders als sein neuer Boss, der jegliche Aufmerksamkeit mit allen Mitteln vermeiden wollte.
Seit einiger Zeit und einigen Fehlinvestitionen gab es einen Mann über ihm, der sämtliche Entscheidungen traf und auch Fehlentscheidungen seiner Mitarbeiter hart sanktionierte.
Nach einigem Läuten ging Reinhardt an sein Handy.
»Ja.«
»Ich bin es, Igor.«
»Und ich bin beschäftigt.«
»Wir haben ein Problem.«
»Was?«
»Wir haben eine Tote.«
»WAS?«
»Jemand ist draufgegangen!«
»Hey, bleib ruhig. Nicht am Telefon. Okay?«
»Reinhardt ...«
»Nenn nicht meinen Namen.«
»Ich brauche deine Hilfe.«
»Ja. Die Hündin ist also eingeschläfert?«
Igor wusste, dass er einen großen Fehler begangen

hatte. Reinhardt versuchte, nun die Situation zu retten.

»Ja.«

»War der Tierschutz schon da?«

»Nein.«

»Hat die Hündin uriniert?«

»Was? Äh … nein!«, rief Igor verwirrt.

»Also muss nichts sauber gemacht werden.«

Nun verstand Igor. Verdammt, wieso verhielt er sich auf einmal so unprofessionell.

»Doch! Natürlich.«

»Hm. Also ein großes Geschäft. Das ist ja eine Sauerei. Ich schick jemanden zum Putzen. Straße?«

»Es ist im Klub passiert.«

Das gefiel Reinhardt wohl nicht. Igor hörte, dass sein Boss scharf Luft einzog.

Doch seine Stimme blieb gefasst.

»Okay. Gleich kommt jemand.«

»Was mache ich jetzt? Soll ich warten?«

»Nein!«, bellte Reinhardts kratzige Stimme. Sämtliche Freundlichkeit war nun verflogen. »Du kannst nach Hause gehen!«

»Sicher?«

»Ich wünsche dir einen schönen Feierabend.«

Das klang eindeutig nach einer Drohung.

Igor legte auf.

»War das dein Boss?«, frage Pia mit quietschender Stimme und Tränen in den Augen.

»Halt die Fresse!«, knurrte Igor und fragte sich, woher sie das wusste.

»Das habe ich nicht gewollt! Ich … ich. Igor, es … es tut mir so leid.«

Igor verpasste ihr eine schallende Ohrfeige.

»Du dumme Bitch! Hätte ich dich damals bloß auf den Strich geschickt! SCHEISSE!«, brüllte der sonst eher ruhige Igor.

»Das … das ist nicht meine Schuld!«, quiekte Pia. »Das … das liegt an meiner Kindheit. Niemand hat sich um mich gekümmert. Ich hatte nur meine Puppen. Das war alles, was ich hatte! Ich habe nur zwei von denen versehentlich kaputtgemacht. Dann hat Papa gleich alle im Kamin verbrannt. ER HAT MIR MEINE PUPPEN WEGGENOMMEN! UND DIE BLÖDE KUH EBEN ...

»Du hast eine gestandene Frau umgebracht!«, unterbrach Igor sie fassungslos. »Eine fürsorgliche Mutter, die jetzt ein äußerst unwürdiges Begräbnis bekommt, dank dir!«

Pias Blick schweifte ab. Sie zeigte auf ein Foto an der Wand.

Dort stand ein wesentlich jüngerer Igor mit einem anderen jungen Mann, der grinsend eine Boxtrophäe hochhielt.

»Der sieht dir ähnlich. Ist das dein Bruder?«

Verwirrt blinzelte Igor.

Er konnte es nicht fassen, dass Pia sich jetzt ernsthaft über seine Familie unterhalten wollte.

»Ja«, antwortete er, um sich abzulenken. »Seit einem Unfall im Ring liegt er im Heim. Sein Lächeln hat er immer noch. Nur seine Augen lächeln nicht mehr. Die sind nun leer. Ich habe das hier alles gemacht, um ihn zu ehren. Habe alles dafür riskiert. Wollte junge Talente fördern, so wie dich. Und du hast alles zerstört. Hast auf sein Andenken gespuckt! Und jetzt verpiss dich von hier, bevor der Cleaner kommt.«

26

Ich wachte mit starken Kopfschmerzen auf.

Alles drehte sich.

Es dauerte eine Weile, bis ich feststellte, wo ich war.

Langsam setzte sich der gestrige Abend in meinem Kopf wieder zusammen.

Ich erinnerte mich erschrocken an mein Geständnis.

Zuerst sah ich Sonjas erschütterte Reaktion.

Dann Resignation.

Dann Verständnis.

Ich sah auf die leere Bettseite neben mir.

Ich sah, dass die Decke zurückgeschlagen war.

Dann sah ich Blutflecken auf dem Laken.

Mein Herz schlug schneller.

Ich erinnerte mich wieder an die beunruhigenden Geräusche am Fenster.

Sonja war weg.

Mein Handy vibrierte in der Hosentasche.

Meine Hose lag auf dem Boden.

Erst jetzt stellte ich erschrocken fest, dass ich nackt war.

Mit wackeligen Füßen stolperte ich zu meiner Hose und holte das Handy raus.

Entsperrte den Display.

Sah das Video an, welches Pia mir geschickt hatte.

Darauf sah ich das Schlafzimmer in Dunkelheit getaucht.

Nur die kleine Nachttischlampe brannte.

Ich hörte Pia auf dem Video ein Kinderlied summen.

Ich kannte die Melodie, wusste dennoch nicht mehr, welches es war.

Dann sah ich, wie sie der schlafenden Sonja mit einem großen Küchenmesser sanft über den nackten Bauch strich.

Mir wurde übel.

Dann kam der Abspann.

Danach eine Nachricht von Pia.

Komm sofort her!

Mit wackeligen Beinen stolperte ich trotz Schwindel hastig zu der Schlafzimmertür und wäre fast mit der verwirrt grinsenden Sonja zusammengestoßen, die zwei dampfende Kaffeebecher ins Schlafzimmer brachte.

»Moin!«, sagte sie und lächelte etwas verkatert. »Mann! Hab ich Kopfschmerzen. Was haben wir denn gestern noch alles gesoffen? Ich weiß gar nichts mehr!«

Ich antwortete nicht.

Sie sah mich an und merkte sofort, dass etwas nicht stimmte.

»Was ist los, Lorenz?«

»Da ... da ... im Bett ist Blut. Ich dachte, du ...«, stammelte ich und merkte große Erleichterung aufsteigen, aber auch gleichzeitig die Panik in mir, die immer noch nicht abgeebbt war.

»Oh! Ups!«, rief Sonja. »Da hab ich wohl meine Regel gehabt. Bin ohne Slips eingeschlafen. Haha! Was haben wir denn gestern alles gemacht?«

Sie lächelte verschmitzt.

Ihr Lächeln verschwand, als ich mich an ihr vorbeidrängelte und aus ihrer Wohnung rannte.

»Lorenz!«, rief sie mir noch hinterher.

Ich rannte die Straße herunter.

Ich muss es beenden, dachte ich.

Ich habe genug Buße getan.

Pia muss gestoppt werden.

27

Ich nahm ein Taxi, gab dem wortkargen Fahrer ein übertriebenes Trinkgeld und klingelte an Pias Wohnungstür.

Sie machte mir sofort im Morgenrock auf.

Pia lächelte mich freudig an und schien bester Laune zu sein.

»Hey Schatz! Schön, dass du da bist!«

Sie war für ihre Verhältnisse sehr erfreut und fiel mir euphorisch in die Arme.

Ich machte mich los und betrat entschlossen ihre Wohnung.

»Es reicht«, sagte ich knapp.

»Was denn?«, fragte sie und öffnete verspielt die Seiten von ihrem Morgenrock. »Wir fangen doch gerade erst an.«

Dieses Mal erregte mich ihre Geste weniger.

»Pia. Das ist nicht mehr lustig. Das ...«

Auch sie wurde ernst.

»Da hast du recht, Lorenz. Es ist nicht lustig. Ganz und gar nicht. Du hast mir sehr, sehr wehgetan. Dein Verhalten ist ...«

»Mein Verhalten?«, rief ich. »Du hast Sonja mit einem Messer bedroht!«

»Sie lebt doch noch, oder?«, sagte Pia ungerührt. »Das ist doch das Wichtigste.«

Bitter sah sie mich an. »Oh, Lorenz. Wie weit ist es nur mit uns gekommen? Was habe ich falsch gemacht?«

»Das könnte ich dich fragen! Warum willst du mich fertigmachen? Ich büße doch schon genug für alles!«

Pia zog eine verwirrte Grimasse. »Wovon redest du eigentlich? Ich will einfach nur, dass du wieder an meiner Seite stehst. Aber stattdessen stehst du andauernd neben dir. Du bist nicht mehr greifbar für mich. Du bist weder in der Zukunft, noch in der Vergangenheit und in der Gegenwart bist du erst recht nicht.«

»Hör auf mit deinem spirituellen Gelaber!«, rief ich barsch. »Du musst sofort aufhören, oder ich gehe zur

Polizei.«
Nun zitterten Pias Lippen. Tränen schossen in ihre
Augen.
»Du bist so kalt!«, wimmerte sie. »Emotional so trostlos.
Immer bist du so gemein zu mir. Sagst böse Dinge!
Warum, Lorenz? Warum? Was fehlt dir? Was brauchst du?
Sag es doch einfach!«
»Ich will meine Ruhe!«, schrie ich.
Tatsächlich konnte ich ihre piepsige Stimme nicht mehr
ertragen.
Sie malträtierte meine Ohren.
Während ich darüber nachdachte, wie ich es davor
ausgehalten hatte, pellte sich Pia aus ihrem Morgenrock.
»Nein. Du brauchst was ganz anderes. Ich gebe dir all
das, was du von Sonja niemals kriegen wirst«, hauchte sie
und ließ ihren Rock langsam zu Boden fallen.
»Da irrst du dich.«
Sie schüttelte entschieden den Kopf.
»Du hast mich noch gar nicht richtig in Fahrt erlebt. Kein
Mann hat mich freiwillig verlassen. Keiner.«
Ich glaubte mittlerweile, dass sie es am meisten wurmte,
dass sie in meinem Leben nicht mehr die erste Geige
spielte.
»Ich werde jetzt gehen«, sagte ich kalt und genoss es
regelrecht, wie Pias selbstbewusste Haltung in sich
zusammenfiel. »Du wirst in meinem Leben keine Rolle
mehr spielen.«
Doch Pia erholte sich rasch.
Ein unheimliches Lächeln breitete sich auf ihrem Gesicht
aus.
»Du wirst nirgends mehr hingehen, Lorenz.«
Ich hörte ein Geräusch hinter mir.
»Mach ihn platt«, sagte sie in meine Richtung, aber ihr
Befehl war wohl nicht an mich gerichtet.
Bevor ich mich umdrehen konnte, traf mich etwas
wuchtig am Hinterkopf und alles wurde dunkel.

28

Ich hörte weibliches Gestöhne.

Roch den Gestank von Grass.

»Hey, Nazischaf.«

Es qualmte neben mir, als ich wieder mit dröhnendem Schädel aufwachte.

Langsam gewöhnten sich meine Augen an das gedämmte Licht und ich nahm ein Gesicht neben mir wahr.

Es wurde immer schärfer und schließlich erkannte ich den jungen Mann mit dem Scheitel.

Er lag neben mir auf dem Bett.

Panisch versuchte ich, meine Arme zu bewegen.

Doch es ging nicht.

Ein klirrendes Geräusch.

Der junge Mann lachte und zog an einem Joint.

Nun erkannte ich, dass ich mit Handschellen ans Bett gekettet war.

Es war das große Bett von Pia, in dem sie mich fast mit einem Kissen erstickt hätte.

»Wo ... wo bin ich?«, fragte ich erschrocken.

»Was glotzt du mich so an?«, fragte Hasso grinsend.

»Guck mal auf die andere Seite. Da geht die Show.«

Ich sah Pia und Nadja, die auch auf dem Bett lagen und sich eng umschlungen aneinander rieben.

»Na, das gefällt dir wohl du sexistisches Schweinchen«, seufzte Pia.

Nadja stöhnte unter ihr.

Beide rieben sich bis zur Ekstase immer schneller aneinander.

Hasso lachte wieder, als beide schreiend zum erlösenden Orgasmus kamen.

Dann stieg Pia von ihrer Freundin herunter und sah mich an.

»Na, hat dir das gefallen, mein lieber?«

Ich schüttelte verwirrt den Kopf.

»Was gefällt dir eigentlich? Was kann ich machen, um unser armseliges Sexleben aufzupeppen? Was fehlt dir, Lorenz? Rede!«

Nadja erhob sich ebenfalls, holte sich ein Küchentuch und wischte sich damit durch den Schritt.

»Ich muss gehen.«

»Warum? Warum gehst du jetzt?« fragte Pia mit großen Augen.

»Hab ein Date.«

»Egal. Bleib hier.«

Nadja reagierte nicht, sondern zog sich schnell an.

»Bis zum nächsten Mal, Pia. Ciao Lorenz.«

»Mich mag sie wohl immer noch nicht«, murmelte Hasso und zog wieder an seinem Joint.

»Egal! Ich will nicht wissen, wer dich mag. Ich will wissen, was Lorenz mag!«, rief Pia. »Ach, was solls! Ich muss aufs Klo.«

»Woher kennt ihr euch alle so gut?«, fragte ich Hasso, nachdem ich mir eine geraume Zeit Pias Blähungen aus der offenen Badezimmertür angehört hatte.

»Du hast wirklich nicht geschnallt, dass die ganze Nummer auf dem Parkplatz nur gestellt war, oder?«

»Nein«, sagte ich. Für mich fühlten sich die Schläge immer noch sehr echt an und auf so etwas Krankes wäre ich auch nicht gekommen. Aber bei Pia überraschte mich mittlerweile gar nichts mehr.

»Warum macht ihr so was?«

Hasso blies mir eine Rauchwolke ins Gesicht, bevor er antwortete.

»Pia brauchte eine Show. Sie wollte mehr Follower. Ich wollte ein Zeichen für den Widerstand setzen. Max und Nadja taten es aus Gefälligkeit.«

»Deswegen habt ihr mich so zusammengeschlagen?«

»Du warst eben ein Unfall. Aber selber Schuld. Hast es nicht besser verdient. Warum unterstützt du auch dieses Regime?«

Wütend zerrte ich an meinen Handschellen.

»Wovon redest du? Wir wollen doch alle nur, dass keiner mehr an dieser Krankheit sterben muss.«

Hasso lachte wieder. Dieses Mal klang es einfach nur gehässig.

»Red dir das ruhig ein, kleines Nazischaf.«

»Lass ihn in Ruhe!«, rief Pia, die aus dem Badezimmer kam. »Lorenz und ich haben wichtigere Probleme als dein blödes Widerstandsgeschwafel. Da glaubst du doch nicht mal selber dran. Du willst nur ficken und Spaß haben.«

Nun erhob sich Hasso und trat auf Pia zu. »Na und? Was spricht dagegen?«

Pia lächelte wieder unheimlich. Ihre Blicke wechselten zwischen Hasso und mir.

»Wie gesagt, Lorenz. Du hast mir sehr wehgetan. Jetzt wirst du spüren, wie es ist, verletzt zu werden.«

Hasso kam zu mir zurück.

Ich schrie auf, als er seinen Joint auf meiner Brust ausdrückte.

Pia quietschte vor Lachen.

»Wenigstens als Aschenbecher taugt er was!«, rief sie.

»So! Ich musste dein Geplänkel mit Sonja ertragen. Jetzt darfst du zusehen, wie Hasso mich rannimmt.«

Beide fingen an, sich gierig zu küssen.

Pia zeriss sein Unterhemd.

Er kniff in ihre Brustwarze.

»Aua!«

Pia schlug empört seine Hand weg.

Mit der Zunge fuhr sie seinen Bauch entlang.

Öffnete gierig seine Hose.

Zog sie samt Unterhose herunter.

Dort stoppte sie plötzlich.

»Du hast aber nen Kleinen«, stellte sie enttäuscht fest.

Hasso schleuderte sie wütend aufs Bett.

Pia landete auf dem Bauch.

Ich zerrte an meinen Handschellen.

Hasso lachte wieder.

Er dachte, mir würde das Schauspiel wehtun, dabei wollte ich einfach nur raus aus der Nummer.

Er nahm Pia von hinten, die künstlich dazu stöhnte.

Er zog an ihren Haaren und es klatschte, als er immer schneller in sie eindrang.

Er hatte sich kein Kondom übergestülpt.

Ich hoffte, dass er ihr ein Kind machte und sie mich dann endlich in Ruhe ließ.

Plötzlich sackte er jedoch zusammen.

»Was ist denn jetzt los?«, keifte Pia genervt.

»Ich ... ich weiß auch nicht. Irgendwie ...«

»Zieh ne Line«, seufzte Pia.

»Hast du noch was?«, fragte Hasso mit großen Augen.

»Unterste Schublade. Schminktisch.«

Hasso kramte aus der Schublade ein kleines
Plastiktütchen mit Koks hervor.

»Hast du Scheine?«

»Das Portemonnaie liegt im Wohnzimmer.«

Hasso wühlte im Wohnzimmer.

»Du hast ja viele große Scheine«, rief er erstaunt.

»Ja! Ist ja gut. Komm jetzt endlich!«, stöhnte Pia.

Hasso kam mit einem eingerollten 200 Euro Schein
wieder.

Er packte Pia und drehte sie auf den Rücken.

Dann verteilte er eine Linie aus Koks auf ihrem Bauch.

Pia quietschte vergnügt, als er sich die Line in die Nase
zog.

Dann legte er sich auf sie und drang wieder in sie ein.

Pia sah mit großen Augen an die Decke, als Hasso sich
grunzend auf ihr abarbeitete.

»Moment!«, rief sie plötzlich. »Das bringt nichts. Dein
Penis ist zu klein. Ich will mit Lorenz ...«

»Halts Maul!«, knurrte der vollgekokste Hasso und
würgte sie.

Obwohl ich Pia mittlerweile hasste, machte ich mir nun
ernsthaft Sorgen um sie und zerrte wieder an meinen
Handschellen.

»Oh!«, rief Pia plötzlich mit gequetschter Stimme. »Ja!
Mach weiter! Das gefällt mir.«

Hasso würgte sie weiter und Pia stöhnte jetzt
überzeugender.

Hassos Unterleib klatschte immer schneller gegen ihren,
bis sie einen langen, krächzenden Schrei ausstieß und er
auf ihr zusammenbrach.

Mit einem müden Lächeln starrte er mich an, während
Pia unter ihm mit großen Augen an die Decke starrte.

»Jetzt haste mal nen Profi bei der Arbeit gesehen,

Nazischaf«, rief er mir triumphierend zu.

»So, ich krieg keine Luft mehr. Geh von mir runter«, sagte Pia ächzend nach einer Weile.

Schwerfällig rollte sich Hasso von ihr runter.

»Können wir nicht noch mal?«

»Nö«, sagte Pia und erhob sich vom Bett. »Du bist nicht zum Spaß hier.«

Hasso stieß einen wütenden Schrei aus, bevor er mir eine schallende Ohrfeige verpasste.

»Du und dein dummer Lorenz!«

»Rauch erst mal eine und komm runter«, sagte Pia.

Dieses Mal zündete sich Hasso eine Filterzigarette an.

»So Lorenz. Hast du wenigstens etwas Spaß gehabt?«, fragte mich Pia.

»Ja. Ihr beide würdet ein schönes Paar abgeben«, erwiderte ich süßlich.

»Träum weiter«, sagte Pia lächelnd. »Du willst ja nur von dir ablenken. Vielleicht hat es dir ja gefallen, Hasso zuzusehen? Vielleicht könnt ihr beide ja mal ...«

»Ne!«, rief Hasso erbost, warf mir dann aber einen langen Blick zu, dass mir unbehaglich wurde. Scheinbar schien seine Wollust durch den Kokainkonsum grenzenlos zu sein.

»Hm. Vielleicht magst du das ja? Mein Ex mochte das auch«, sagte Pia nachdenklich.

Hasso näherte sich mir vorsichtig.

»Rühr ihn nicht an!«, rief Pia und kramte in einer ihrer Schubladen, bis sie einen großen Dildo zum Umschnallen gefunden hatte.

Ich sah sie entsetzt an.

Sie ließ ihn wieder in die Schublade fallen.

»Was erregt dich denn, Lorenz?«

Ich presste die Zähne zusammen, als Hasso die Filterzigarette auf meiner Schulter ausdrückte.

»Ich weiß, was ihn erregt. Setz ihm eine Maske auf!«, sagte er.

»Sehr witzig!«, sagte Pia. »Wir müssen ihn erst mal abfüllen.«

Sie ging in die Küche und kam wenig später mit einer

großen Wodkaflasche und einem Trichter zurück.
»Halt ihm den Mund auf«, sagte sie und schraubte den Deckel auf.
»Mach den Mund auf«, knurrte Hasso.
Ich biss wieder die Zähne zusammen.
Hasso zündete sich noch eine Filterzigarette an.
Er zog dran, bis sie glühte.
Dann hielt er mir das glimmende Ende ans Auge.
»Ich schwöre, ich brenn dir deine Augen aus, wenn du nicht dein Maul aufmachst!«
Brav machte ich meinen Mund auf.
Pia steckte den Filter rein.
Dann goss sie eine beträchtlich Menge Wodka in meinen Rachen.
Ich hustete und spuckte einen Teil wieder aus.
»Das machst du nicht noch mal, oder ich verbrenn dir dein Gesicht«, drohte Hasso.
Pia schüttete weiter und ich schluckte so viel, wie ich konnte.
Sie schüttete fast die komplette Flasche in mich hinein.
Mir wurde übel, doch bevor ich mich übergeben konnte, hielt Hasso mir den Mund zu.
Also kotzte ich einen Teil meines Mageninhaltes auf seine Hand.
»Bäh!«, schrie Hasso.« Halt du ihm den Mund zu. Ich hol die Maske!«
Pia hielt mir den Mund zu.
Sie schien sich an meinem Erbrochenen nicht so stark zu stören wie Hasso.
Dieser kam mit einer FFP2 Maske zurück.
»Jetzt leg sie ihm an. Das wird ihn bestimmt freuen«, kicherte Pia.
»Hey Nazischaf, da geht dir einer ab, was? Jetzt kannst du endlich Party machen!«, sagte Hasso und versuchte, mir die Maske anzulegen.
Ich zuckte zurück.
Pia packte meinen Kopf.
»Halt ihn doch fest!«, fuhr Hasso sie an, denn ich machte es ihnen nicht leicht.

Panisch trat ich um mich.

Ich traf Hassos Brust. Er segelte vom Bett und knallte gegen einen Schrank.

Pia setzte sich auf meine Beine.

Hasso sprang wieder auf und verpasste mir einen Faustschlag ins Gesicht, sodass mein Kopf zurückflog.

Ich sah schwarze Flecke vor meinen Augen.

Er setzte sich auf meinen Brustkorb und riss meinen Kopf hoch.

»Ich schlag dich tot, wenn du nicht still hältst«

Doch ich war auch schon viel zu benommen, um mich noch richtig wehren zu können.

Hasso legte mir die Maske an.

Wieder kam mir ein Schwall hoch. Doch die Maske versperrte mir den Ausgang und mein Mund füllte sich unerbittlich mit Erbrochenem.

Panisch versuchte ich, durch die Nase zu atmen.

Jedoch war Hasso mit seinen sadistischen Einfällen noch nicht am Ende.

Er drückte mir die Nase zu, während er weiterhin auf meinem Brustkorb saß.

Ich konnte kaum noch atmen und begann panisch zu zappeln.

»Er erstickt!«, schrie Pia.

»Ach, laber nicht«, sagte Hasso.

»Hör auf! Er ist mein Spielzeug!«, kreischte Pia.

Ich bekam keine Luft mehr und alles um mich herum wurde dunkler, während ich hastig nach Luft schnappte, die ich jedoch nicht bekam.

Hassos Gesicht veränderte sich. Ich sah auf einmal Runzeln.

Lange, verklebte Haare.

Die sterbende Mutter war wieder da.

Ich war ihr nun vollkommen ausgeliefert.

Neben ihr erschien das panische Gesicht von Pia.

»Er stirbt! Was machen wir denn jetzt?«

Dann veränderte sich auch ihr Gesicht.

Es wurde jünger.

Dann sah ich das kleine, blonde Mädchen und alles fügte

sich zusammen, bevor mich die Dunkelheit holte.

29

Cuxhaven, 14 Jahre vorher

Mir wehte ein wilder Wind ins Gesicht. Die salzige Meerluft erfrischte meine Atemwege.
Das Wetter war warm für Cuxhavener Verhältnisse. Die Sonne ging gerade unter und zeichnete eine rosafarbene Landschaft aus Wolken am Himmel.
Wir hörten die Möwen über uns kreisen, als wir den Strand betraten.
»Ich hab jetzt schon den gelben Gurt!«, rief Klaus und kickte mit einem Karatekick gegen einen Strandkorb.
Wir spazierten durch den Sand.
»Ich werde wahrscheinlich backen bleiben«, sagte mein Kumpel zu mir.
Er war 14, sah aber mindestens drei Jahre älter aus.
Ich war 12.
Zweimal war Klaus schon sitzen geblieben.
Dadurch hatten wir uns kennengelernt und angefreundet. Doch schon bald würde er nicht mal mehr in meine Klasse gehen.
Wir zogen uns Schuhe und Socken aus und begaben uns ins Watt, obwohl uns das Warnsystem etwas anderes sagte.
Der rote Ball war schon oben, aber da wir das Wasser noch nicht sahen, war es für uns noch Ebbe.
Anders als die Touristen und einige Einheimische mochte ich den Matsch unter meinen Füßen nicht.
Das lag vielleicht auch daran, dass mir hier andere Kinder vor ein paar Jahren Krebse in die Badehose gesteckt hatten.
»Sollten wir nicht langsam zurück?«, fragte ich Klaus, nachdem wir eine Weile gelaufen waren und ich sah, dass sich ein Priel neben uns schon langsam mit Wasser füllte.
»Ach scheiß drauf!«, rief Klaus und zertrat einen Wattwurmhügel. »Zur Not klettern wir auf eine Rettungsbake.«
Ich sah mich um.

Die Nächste war weit entfernt.
Weiter hinten sah ich die Umrisse von der Insel Neuwerk.
Dann sah ich eine Gestalt auf einer Sandbank sitzen.
»Guck mal, Klaus.«
»Hä?«
»Da sitzt jemand.«
»Da lass uns mal hin«, sagte Klaus.
Wir traten näher an die Gestalt heran.
Es war eine Frau mit verklebten dunklen Haaren,
runzliger Haut und aufgescheuerten Beinen.
Je näher wir ihr kamen, desto mehr wehte uns ein
stechender Geruch in die Nase.
Sie hielt sich fluchend den Fuß.
»Hallo!«, flötete Klaus und grinste mich anschließend
verschwörerisch an, bevor er sich demonstrativ die Nase
zuhielt.
»Sie müssen hier raus. Die Priele fluten gleich«, sagte ich
zu ihr.
»Ja ... äh. Weiß ich ... äh ... Komm nicht hoch. Hab mir
den Fuß umgeknickt. Scheiße«, lallte sie.
»Wir müssen ihr helfen«, sagte ich.
»Och nö!«, stöhnte Klaus. «Die stinkt doch wie ...«
»Mann! Checkst du nicht, dass sich hier gleich alles mit
Wasser füllt.«
»Aber das kommt doch nicht sofort! Wir haben noch
Zeit!«, protestierte Klaus.
»Ja, wir! Aber die doch nicht. Die hat sich den Fuß
umgeknickt!«, fuhr ich ihn an.
Das sah Klaus ein. »Dann müssen wir sie stützen.«
»Können Sie aufstehen?«, fragte ich die Frau.
»Ja, ja«, schnaufte sie, machte aber keine Anstalten sich
zu bewegen.
Der Priel neben uns füllte sich weiter mit Wasser.
Wir beugten uns zu ihr runter.
»Wow! Ihr ... ihr seid ja richtige Gentlemans«, sagte die
Frau und mir wehte eine ordentliche Fahne entgegen, als
Klaus und ich sie unter den Armen hochzogen.
Wir beide ächzten unter ihrem Gewicht, während wir sie
Richtung Strand schleppten. Zumindest ich. Klaus, der

eine enorme körperliche Kraft vorweisen konnte, schnaufte wohl durch den beißenden Gestank, den die Frau absonderte.

Auch deswegen hing ich gerne mit ihm ab, weil er mich vor anderen stärkeren Jungs beschützte.

»Ich heiße übrigens Magda«, krächzte sie. »Weiß auch nicht mehr, warum ich überhaupt hier bin.«

Klaus und ich sahen uns an und konnten uns nur schwer das Lachen verkneifen.

Ich sah, wie Klaus an ihrer Hosentasche nach der Geldbörse tastete.

Ich sah ihn fest an und schüttelte entschieden den Kopf.

»Mein Geld hab ich wohl auch vergessen«, sagte Magda, als hätte sie seine Gedanken gelesen. »Wollte mir eigentlich nur Kippen holen.«

»Da sind Sie hier ein bisschen falsch«, sagte ich.

Klaus fluchte, als er auf eine Muschel trat.

Wir erreichten den Strand noch rechtzeitig.

»Lasst uns eine Pause machen«, sagte Klaus und setzte Magda in einen offenen Strandkorb.

Die Besitzer spielten ein paar Meter weiter mit ihren Kindern, die eine Sandburg bauten.

»Ich hab Durst. Muss nach Hause.«, murmelte die Frau.

»Sie sollten ...«, begann Klaus.

Doch da war die Frau schon aufgesprungen und lief weiter, als wäre nichts mit ihrem Fuß gewesen.

Klaus und ich sahen uns genervt an.

»Die hat bestimmt Schnaps, Lorenz«, flüsterte Klaus und grinste verschwörerisch.

»Lass sie einfach.«

Wieso denn?«, fragte Klaus. »Ich werde wieder sitzen bleiben. Das muss doch gefeiert werden! Außerdem haben wir die Alte bis zum Strand geschleppt.«

Seine Argumentation leuchtete mir ein.

Ich hatte bis jetzt nur Bier probiert und wollte schon immer mal wissen, wie so ein Gesöff schmeckt.

»Okay. Cool. Bringen wir sie noch nach Hause.«

»Entschuldigen Sie!«, brüllte Klaus Magda nach. »Haben Sie noch Schnaps?«

Ich stöhnte.
Ich wollte es nicht ganz so direkt angehen.
Die Frau drehte sich um.
Musterte uns.
»Na klar«, sagte sie und ging weiter.
Wir folgten ihr.
Wir überquerten einen geteerten Weg, kamen an ein paar
Surfern vorbei und liefen anschließend durch den
Wernerwald.
Vorbei an einem Grillplatz, wo ein paar Jugendliche sich
bei lauter Musik Würstchen brieten.
Sie pfiffen uns hinterher, als wir durch einen Spielplatz
liefen, der in einer Sandkuhle lag.
Beinahe wäre Magda dabei wieder hingefallen.
Wir fingen sie auf, bevor sie durch den Sand rollen
konnte.
Dann kamen wir an einen dicht bewachsenen
Campingplatz.
Dort zog Magda einen Schlüssel hervor und schloss die
Tür am Zaun auf.
»Und jetzt nach rechts.«, lallte sie.
Nach drei Wohnmobilen erreichten wir ihren
Wohnwagen.
»Bist du schon lange hier?«, fragte Klaus sie.
»Ja, wir ziehen wohl bald komplett hier her.«
»Wo kommst du her?«, fragte ich.
»Buxtehude«, antwortete sie.
Dann schloss sie ihren Wohnwagen auf.
Das Innere ihres Wagens war vermüllt und roch dezent
nach Urin und etwas stärker nach Schnaps.
Ein kleines, blondes Mädchen spielte an einem runden
Tisch mit zwei Puppen.
Sie sang dabei ein Kinderlied, welches mir bekannt
vorkam.
Doch ich konnte es nicht zuordnen.
»Hey, Schatz!«, rief Magda lallend.
»Wo warst du, Mama?«, fragte ihr Kind mit großen
Kulleraugen.
»Musste kurz was besorgen ... äh ... sorry. Das hat alles

sehr lange gedauert, ich weiß. Aber jetzt ist Mama ja wieder da.«

Das Mädchen sah uns an.

»Wer sind die?«

»Das sind zwei sehr nette, junge Männer, mit denen ich mich mal unterhalten muss. Willst du nicht mal auf den Spielplatz gehen?«

»Na gut«, sagte das Mädchen brav, nahm ihre Puppen mit und trippelte nach draußen.

»Ist süß die Kleine, oder?«, krächzte Magda und holte drei Schnapsgläser aus einem schmutzigen, kleinen Schränkchen.

Wir nickten im Chor.

»Der Penner von Vater hat uns verlassen. Wir waren dem Herren nicht mehr gut genug.«

»Shit. Bei mir war es umgekehrt«, sagte Klaus.

»Wieso?«, lallte Magda laut. »Hat dich deine Frau etwa verlassen?«

Klaus und ich sahen uns wieder stirnrunzelnd an.

Magda schien das ernst gemeint zu haben.

»So ein stattlicher Mann! Den lässt man doch nicht sitzen!«, rief Magda empört.

»Sie sind aber auch nicht übel«, erwiderte Klaus.

Ich knuffte ihn an. Unsere Mundwinkel zuckten.

Sie holte aus einem anderen Schrank eine große Wodka-Flasche hervor und schenkte sich und uns großzügig ein.

»Trinken wir auf ... äh ... auf die Verflossenen!«, sprach sie und lachte krächzend auf.

Klaus und Magda exten den Schnaps sofort weg.

Ich nippte zögerlich dran.

»Dein Sohn ist vielleicht noch zu jung?«, fragte Magda tadelnd Klaus.

»Der muss jetzt auch mal ein Mann werden!«, erwiderte Klaus und wir beide waren wieder kurz davor loszulachen. Er klopfte mir auf die Schulter. »Na los. Mein Junge.«

Ich trank das Glas leer und hustete sofort.

Beide lachten.

Sofort schenkte uns Magda wieder nach.

Nach ein paar weiteren Gläsern war uns ganz schön

schwindelig.
Klaus hielt sich wacker.
»Muss ... muss mal kurz für kleine ... äh ... Ladys«, lallte Magda und zwinkerte Klaus kokett zu.
Ich war sturzbetrunken, als wir Magda laut und deutlich beim Stuhlgang zuhören konnten.
Klaus knuffte mich an.
»Komm. Die füllen wir jetzt ab«, flüsterte er.
Dann schenkte er ihr nach und drehte den verkalkten Wasserhahn genau dann auf, als Magda seufzend die Klospülung betätigte.
Er ließ Wasser in unsere Gläser.
»Dann mal auf ... auf in die nächste Runde«, murmelte Magda, nachdem sie sich nicht die Hände gewaschen hatte.
Wir tranken unser Wasser,
Magda ihren Schnaps.
Unbeholfen erhob sie sich plötzlich.
»Wo ist meine Tochter? Habt ... habt ihr meine Tochter gesehen?«, fragte sie uns forschend.
»Du hast sie auf den Spielplatz geschickt«, sagte Klaus.
Ich selbst konnte schon kaum mehr sprechen.
Das Karussell lief immer schneller.
Sie stolperte zur Tür.
Dann fiel sie hin.
Klaus drehte wieder den Wasserhahn auf.
Ließ es in unsere Gläser laufen und schenkte der Mutter wieder Schnaps ein.
Magda würde das sowieso nicht mehr mitbekommen.
Sie fluchte lallend, als Klaus ihr anschließend aufhalf.
»Die nächste Runde, Magda?«, fragte Klaus, nachdem Magda sich wieder gesetzt hatte.
»Jawohl!«, rief sie laut.
Dann tranken wir wieder.
Magda guckte ins Leere.
»Ich muss ... muss meine ... meine Tochter ...«
Sie erhob sich langsam von ihrem Stuhl, bevor sie wieder stürzte.
Nun lag Magda auf dem Rücken und gab komische Laute

von sich.

Sie spuckte Brocken in die Luft und zuckte wild hin und her.

Dann zog sie merkwürdige Grimassen.

Klaus fing an zu lachen.

Ich stieg solidarisch in sein Gelächter ein.

»Mama?«, fragte ihre Tochter, die plötzlich an der Tür stand.

Magda erbrach sich weiter, als sie auf dem Rücken lag. Keuchte und röchelte.

Ihre Tochter spürte, dass etwas nicht stimmte.

»Mama? Was hast du?«, fragte sie mit großen Augen.

Sie zupfte mich am Arm. »Hilfe! Hilfe!«

Ich stand einfach nur da.

Unfähig, mich zu bewegen.

Sah Magda bei ihren wilden Zuckungen zu.

»Hilfe! Hilfe! Mama hat Schmerzen!«, wimmerte weinend ihre Tochter.

Auch Klaus wurde ernst, als er sah, wie Magda blau anlief.

»Scheiße! Scheiße!«, schrie er plötzlich. »Stabile Seitenlage!«

Er wollte sie anheben, doch es war schon zu spät.

Klaus sollte zwar dieses Jahr auch wieder sitzen bleiben, aber er konnte gut eins und eins zusammenzählen, als er Magdas kalten Puls erfühlte.

»Shit! Verdammt! FUCK!«

Er griff sich verzweifelt mit den Händen an den Kopf.

Lief hin und her.

Das Mädchen hielt immer noch ihre zwei Puppen in der Hand.

Sie sah mich an.

»Was habt ihr mit Mama gemacht?«

»Lorenz! Wir müssen abhauen! LOS!«, rief Klaus panisch.

Ihre Tochter sah mich immer noch an.

»WAS HABT IHR MIT MAMA GEMACHT?«, kreischte das Mädchen und weinte.

Klaus riss ihr eine Puppe aus der Hand.

»Hier! Siehst du das hier?«

Er riss der Puppe den Kopf ab.

»Wenn du irgendwem sagst, dass wir hier waren, passiert genau dasselbe mit dir! Kapiert? Dann komme ich wieder und mach dich kalt!«, zischte er ihr zu.

Dann zerrte er mich raus.

Wir liefen los.

Obwohl ich sturzbesoffen war, war ich noch nie so schnell gerannt wie jetzt.

Ich rannte immer weiter.

Weit, weit weg von dem Wohnwagen im Wernerwald.

30

»Du schon wieder hier?«, rief Georg fassungslos, als ich im Krankenhaus aufwachte.
Dieses Mal hatte er nichts mit seinen Eiern.
Um den Kopf trug er einen Verband. Ein Arm war in Gips.
Ich antwortete nicht, ich sah immer noch den Wohnwagen vor mir.
Klaus, Magda und ihre Tochter, die mich die ganze Zeit ansah.
Ich sprach nie wieder mit meinem Freund über diese Tat.
Mein ehemaliger Kumpel kam mit seinen Schuldgefühlen besser zurecht als ich.
Ich schien ihm jedenfalls keine anzumerken.
Während ich in mich zusammenfiel, blühte Klaus regelrecht auf.
Vielleicht wurde er einfach auch fleißiger, um nicht an seine Tat denken zu müssen.
Jedenfalls baute ich ab und schrieb schlechtere Zensuren.
Klaus blieb noch einmal sitzen, bevor er eine steile Schullaufbahn hinter sich brachte und anfing, BWL zu studieren.
Die Schuldgefühle drückten meine Leistung so herunter, dass ich gerade noch einen mittelprächtigen Hauptschulabschluss schaffte.
Auch privat kam Klaus auf seine Kosten, während ich mich immer weiter in meinem Schutzpanzer verkroch.
Feuchtfröhlich feiernd wechselte der gut aussehende Klaus seine Freundinnen wie Unterwäsche.
So war es die ganze Zeit. Ich brach fast unter der Last zusammen, während mein Kumpel leicht federnd durchs Leben schritt.
Bis ein Abgrund ihn bremste.
Der sportliche Klaus war auch ein leidenschaftlicher Kletterer.
Er wollte mit seiner neuen Freundin einen Berg erklimmen.
Klaus erzählte mir noch am Telefon mit seinen

sexistischen Worten von einer heißen Blondine mit großen Möpsen, die er auf einem Berggipfel ordentlich durchficken wollte, bevor er in den Alpen tödlich verunglückte.

Seine bislang unbekannte Freundin konnte er keinem mehr vorstellen.

Ein unheimliches Gefühl sagte mir, dass es vielleicht gar kein Unfall gewesen war.

Doch ich schrieb es meiner Paranoia zu. Ständig sah ich blonde Frauen in meinem Leben, die sich für damals rächen wollten.

Jedenfalls war Klaus seiner Buße entkommen und hatte mich allein mit ihr zurückgelassen.

Wieder stiegen Tränen in mir auf und ein weiterer Heulkrampf folgte, den Georg seufzend kommentierte.

»Ah. Ich nehme an, du brauchst eine Schweigeminute?«, fragte er.

Ich weinte weiter, anstatt zu antworten.

»Na gut«, brummte er. »Ich gebe dir zwei. Wollte eh eine rauchen.«

Dann stand er stöhnend auf und verließ unser Zimmer.

Wenig später wurde die Tür wieder geöffnet.

Doch nicht Georg stand darin.

Im Türrahmen stand ein älterer Herr mit randloser Brille und feinem Anzug.

Er räusperte sich und sah ungeduldig auf sein Mobiltelefon, bis ich meinen Weinkrampf beendet hatte.

»Herr Kampmann?«, fragte er mit förmlicher Stimme.

»Ja?«, erwiderte ich mit brüchiger.

»Freut mich«, sagte er etwas gelangweilt. »Ich bin Roland Schaumbauch. Pias Vater. Und vielleicht bald Ihr Schwiegervater.«

Eine bittere Lache folgte. Anschließend zog er seine Maske herunter, um in meine Richtung zu husten.

Ich verstand gar nichts mehr.

»Sie ... sie sagte, dass Sie tot wären«, stammelte ich fassungslos.

Roland lächelte dünn, bevor er sich die Maske wieder aufsetzte.

»Aha. Sagt sie das. Wie nett. Meine Tochter. Ein
reizendes Mädchen. Aber der Papa darf es dann wieder
richten.«

Ich erinnerte mich nur noch daran, dass ich fast an
meiner eigenen Kotze erstickt wäre.

»Wie bin ich ...«

»Sie haben eine Alkoholvergiftung. Wir haben Ihr Leben
gerettet. Hätte Pia nicht den Krankenwagen gerufen,
wären Sie qualvoll erstickt.«

»Sie hat mich doch erst in diese Situation gebracht.«

»Ja, ich weiß. Sie hat übrigens zuerst mich angerufen und
dann den Rettungsdienst. Auf meinen Rat hin. Selbst das
muss ich einer 25-jährigen Erwachsenen erklären, die
sich für selbstständig hält.«

»Ihre Tochter wollte mich umbringen!«, rief ich.

Ihr Vater rümpfte die Nase. Jedenfalls sah es unter
seiner Maske so aus.

»Müssen Sie mich unbedingt dauernd daran erinnern,
dass sie meine Tochter ist?«, seufzte Roland und machte
keinen Hehl aus seiner Verachtung. »Was soll ich sagen?
Sie war ein Unfall mit Spätfolgen.«

Ich schluckte, als ich diese harten Worte von ihrem
Vater hörte. Doch Herr Schaumbach war noch nicht
fertig.

»Pia war schon immer neben der Spur. Einzelkind. Vom
Leben verwöhnt. Verzogen. War vielleicht auch mein
Fehler. Ich war zu weich gewesen. Ich war nicht immer
da, aber es hat ihr an nichts gefehlt. Ich habe ihr jeden
Wunsch von den Lippen abgelesen. Habe der kleinen
Prinzessin alles gekauft, was sie wollte. Und wie dankt
sie es mir? Sie hat sich schon als Kind wie eine Verrückte
benommen. Ihren Puppen hat sie den Kopf abgerissen.
Alle in ihrem Umfeld hat sie manipuliert. Gegeneinander
ausgespielt. Entweder aus Langeweile oder um davon
abzulenken, dass sie kein Talent hat. Für gar nichts. Dass
sie nichts kann. Sie kriegt nichts im Leben zustande. Das
hat sie wahrscheinlich von ihrer Mutter, die sich in den
Tod gesoffen hat.«

Nicht nur seine harten Worte über seine eigene Tochter

entsetzten mich.

Es gab erschreckend viele Parallelen zu der Tochter von Magda.

»Was ist mit ihrer Mutter ...?«

»Von der will ich nun wirklich nicht reden«, unterbrach mich Roland.

»Aber irgendwas muss doch passiert sein. Warum dreht Pia andauernd so durch?«, hakte ich nach.

»Ich bin kein Psychologe. Es reicht ja schon, dass ich ihr bis heute alles in den Hintern schieben muss. Aber sie hat das bestimmt von ihrem verkommenen Umfeld. Sie, Herr Kampmann, sind der erste vernünftige Mann in ihrem trostlosen Leben. Bodenständig, solide. Ein durchschnittlicher Typ. So einen habe ich ihr schon vorher gewünscht. Sie musste da auch einiges mitmachen. Und dafür bekommen Sie jetzt die Quittung, Herr Kampmann.

Die anderen Männer haben sie ausgenutzt und wie Fleischware behandelt. Aber sie wollte ja auch immer die besonders bösen Jungs. So ein Neonazi hat sie geschlagen und von Drogen abhängig gemacht, sodass sie ihm gefügig wurde. Dann hatte ich auf einmal eine Tochter, die vollkommen zerstört und süchtig nach Crystal Meth war. Das hört ein Vater doch gerne!«

Herr Schaumbach lachte kurz auf, bevor er fortfuhr.

»Irgendwann hat er dann Schluss gemacht. Hat sie weggeworfen wie ein Stück Dreck. Doch dann schaffte sie den Entzug. Ganz ohne meine Hilfe!

Wie sie das gemacht hat, weiß ich bis heute nicht. Jedenfalls war es das einzige Mal, dass ich etwas stolz auf meine Tochter war.«

Ich war erschüttert.

»Was wollen Sie von mir?«, fragte ich heiser.

Roland Schaumbach lachte eine ganze Weile, bis er antwortete.

»Dass Sie den ganzen Vorfall vergessen. Sie ist ja immer noch meine Tochter. Und vielleicht könnten Sie ihr noch eine Zeit lang zur Seite stehen. Nicht sofort den Stecker ziehen. Die Beziehung langsam auslaufen lassen. Sonst steht sie wieder bei mir vor der Tür und macht mich nass.«

»Da verlangen Sie ganz schön viel von mir.«

»Sie würden auch eine großzügige Aufwandsentschädigung von mir erhalten«, antwortete Herr Schaumbach. »Überlegen Sie es sich. Ich werde Ihnen das nicht vergessen.«

»Und was ist, wenn sie mich wieder angreift?«, fragte ich. Ein weiterer Hustenschwall folgte von ihrem Vater, wofür er erneut seine Maske herunterzog.

Dann sah ich ihn wieder dünn lächeln.

»Meine Tochter braucht Grenzen, die ich ihr nicht gezeigt habe. Schlagen Sie doch einfach zurück. Wo liegt denn das Problem? Sie können sich doch wehren. Sie sind doch ein Kerl«, sagte ihr Vater, bevor er das Krankenzimmer verließ.

31

Ich stand vor Sonjas Tür und klingelte. Es dauerte eine
ganze Weile, bis sie mir aufmachte.

Sie war seit meiner Krankenhausentlassung reserviert
gewesen.

Hatte mich die ganze Zeit bei der Arbeit kaum angesehen
und nur in eintönigen Sätzen geantwortet.

Nun war sie auch nicht gerade begeistert, mich zu sehen.

»Was willst du, Lorenz?«

»Ich muss mit dir reden.«

»Ach ja?«

»Es tut mir leid. Alles.«

Sonja seufzte.

»Das sagst du andauernd. Es wird langweilig.«

»Was habe ich dir denn getan?«, fragte ich und merkte,
dass meine Stimme laut wurde.

Sonja bohrte mir ihren Zeigefinger in die Brust.

»Warum bist du zu ihr gegangen? Wir haben die Nacht
gemeinsam verbracht und du lässt mich im Stich und
gehst zu Pia! Ohne ein Wort zu sagen! Und dann liegst du
auf einmal im Krankenhaus! Ich habe es satt, Lorenz.«

Es hatte keinen Sinn.

Ich beschloss, reinen Tisch zu machen.

»Sie hat dich bedroht.«

»Was redest du da?«

»Sie war in deiner Wohnung!«

Sonja stöhnte. »Jetzt geht das schon wieder los! Du und
dein Verfolgungswahn. Das ist doch Schwachsinn!«

Ich zeigte ihr das Video auf meinem Handy und sah
Sonjas Gesichtsfarbe verschwinden.

»Okay. Komm rein.«

Sie machte die Tür hinter uns zu.

»Scheiße, das ist ja der absolute Wahnsinn. Was will die
denn von uns?«, fragte sie mich.

»Sie ist die Tochter von Magda.«

Sonja sah mich fassungslos an.

»Was sagst du da?«

»Sie ist es, Sonja.«

»Nein.«

»Aber dann macht alles einen Sinn.«

»Du fühlst dich doch einfach nur schuldig. Du verrennst dich da in etwas. Mach dich nicht selber verrückt. Ich bin mir sicher, dass sie es nicht ist.«

»Woher willst du das wissen?«

»Ich weiß es einfach! Okay?«, fauchte sie plötzlich und ich zuckte überrascht zurück.

»Wie denn? Du warst doch damals gar nicht dabei. Du hast nicht den Blick von ihrer Tochter gesehen!«

Sonja erwiderte eine Weile nichts, sondern sah mich nur nachdenklich an.

»Sei nicht paranoid. Hör auf. Du kannst nichts mehr ändern. Es ist passiert. Lass die Vergangenheit ruhen. Du tust dir nur selber weh. Wer hat denn da was von?«

Plötzlich folgte ich einem Impuls und strich durch ihre Haare, die heute rosa gefärbt waren.

Sie nahm meine Hand.

»Warum bin ich nicht früher auf dich gekommen?«

Sie lächelte.

»Weiß ich nicht. Dummer Junge.«

Die letzten Worte flüsterte sie, bevor wir uns küssten. Lange und intensiv.

Dann zog sie mich zum Schlafzimmer.

Ich sah, dass Sonja wieder ihr Fenster zum Lüften geöffnet hatte.

Ein beklemmendes Gefühl beschlich mich.

Nicht schon wieder.

»Ich kann mich gar nicht mehr an unsere letzte Nacht erinnern. Lass und dieses Mal ...«

Sie wurde unterbrochen, als Pia kreischend aus dem Kleiderschrank sprang.

Ihr Gesicht war zu einer hässlichen Grimasse verzerrt.

»ICH WUSSTE ES!«, schrie sie schrill, bevor sie mir mit einem gesprungenen Fußtritt an den Kopf sprang.

Es war wie ein Spagat in der Luft.

Der eine Fuß traf mein Gesicht.

Der andere anschließend Sonjas Brust.

Sie krachte gegen die Tür.

Ich knallte gegen die Wand und sah Sterne.

Ihr nächster Fußtritt traf mein Kinn, sodass ich mir auf die Zunge biss, bevor ich zusammensackte.

Nur knapp konnte ich ihren nächsten Fußtritt abwehren.

Sonja sprang ihr auf den Rücken und versuchte, sie von mir wegzuziehen, doch Pia biss ihr knurrend in den Arm und setzte einen Schulterwurf ein, der ihre Kontrahentin quer durch den Raum segeln ließ.

Dann nahm sie eine große Blumenvase von der Fensterbank und kam drohend auf mich zu.

»Das ist alles deine Schuld, Lorenz«, sagte sie mit kalter Stimme. »Du hast mich so weit gebracht.«

Sie hob das große Gefäß mit beiden Händen über ihren Kopf, um es auf meinem Schädel zu zerschmettern.

Sämtliche Nelken fielen aus der Vase. Wasser und Erde klatschten auf den Parkettboden.

Sonja sprang sie wieder von hinten an. Die Vase zerschellte am Boden.

Beide fielen aufs Bett und wälzten sich eine Weile kreischend und kratzend darüber, bevor Pia die Oberhand gewann.

Ich hörte Sonjas gedämpfte Schreie, als Pia nun auch ihr ein Kissen ins Gesicht drückte, während sie auf ihr lag.

»Stirb.«, knurrte sie grimmig mit ihrer hellen Stimme, während sich Sonja unter ihr aufbäumte, panisch um sich schlug.

Ich packte Pia am Arm und zog sie von Sonja herunter. Dabei trat ich in eine Scherbe und kurz darauf knallte Pias Handballen wuchtig in mein Gesicht.

Benommen taumelte ich von ihr weg.

Wieder schoss Pias Bein in fast schon unnatürliche Höhe und traf mein Ohr.

Zum zweiten Mal schlug ich mit dem Hinterkopf gegen die Wand, während beide Frauen schreiend ihren Kampf fortsetzten.

Wütend prügelten beide aufeinander ein, trampelten über den Matsch aus Wasser und Blumenerde.

Sie zogen sich gegenseitig an den Haaren und an der Kleidung und rutschten dabei über den nassen

Parkettboden.

Eine feuchte Nelke klatschte mir ins Gesicht.

Sonja wurde von Pia mit beiden Händen an die Wand gedrückt, während diese ihre Rippen mit Kniestößen bearbeitete.

Ich versuchte, mich aufzurichten, doch ein großer Schwindel überkam mich und ich sackte wieder zusammen.

Also hörte ich mir weiter hilflos Pias Gekreische und Sonjas Schmerzensschreie an.

»DU HÄTTEST DIE FINGER VON IHM LASSEN SOLLEN, DU DUMME BITCH! ICH HABE LORENZ TAUSENDMAL GEWARNT! JETZT BIST DU DRAN!«

Nun zog Pia Sonja an den Haaren und knallte ihre Stirn mehrfach gegen die Kommode.

Sonja rammte ihr den Ellbogen in die Rippen und konnte sich somit befreien.

Sie verpasste Pia anschließend eine schallende Ohrfeige, sodass die Kampfsportlerin zurücktaumelte und ebenfalls in die Scherben trat.

Sie quiekte vor Schmerzen, bevor sie sich brutal rächte, als sie Sonja am Ohrring packte und ihr den Schmuck aus dem Ohrläppchen riss.

Sonja schrie auf und hielt sich das blutende Ohr, bevor Pia ihr mit ein paar wuchtigen Boxkombinationen weiter zusetzte.

Ihr Vater hatte unrecht.

Pia hatte durchaus Talent.

Und zwar im Kämpfen.

Sie schwebte wieder athletisch durch die Luft und traf mit beiden Füßen Sonjas Brust.

Diese flog durch den Flur und Pia setzte ihr kreischend nach.

»DU MIESE SCHLAMPE! DU WILLST MIR ALLES WEGNEHMEN! ICH WOLLTE NUR MIT DIR REDEN! UND DANN SEH ICH LORENZ BEI DIR! DAS IST VERRAT! FOTZE! ICH REISS DIR DEN KOPF AB!«

Ich hörte Gepolter.

»ICH HÄTTE DICH DAS LETZTE MAL SCHON

UMBRINGEN SOLLEN! ICH HABE LORENZ GEWARNT
UND JETZT STIRBST DU!«
Nach Pias letzten Worten erhob ich mich panisch, da ich
Schmerzenslaute von Sonja und dumpfe Geräusche
hörte.
Im Flur sah ich Pia rittlings auf ihr sitzen, während sie
ihren Hinterkopf immer wieder auf den Boden knallte.
Trotz der schmerzenden Scherbe in meinem Fuß griff ich
Pia entschlossen an.
Ich packte sie an den Haaren, zog sie von Sonja herunter
und schleuderte sie gegen eine Wand.
Sie kreischte auf.
Durch den wuchtigen Aufprall hatte sie sich die Schläfe
angeschlagen, wie ich entsetzt feststellte.
»Aua!«, rief sie und hatte sofort Tränen in den Augen.
»Du ... du hast mir wehgetan! Warum ... warum tust du
das, Lorenz?«, fragte sie mich mit bebenden Lippen.
»WARUM TUST DU DAS?«, schrie ich sie an. »ES REICHT!
ICH HABE FÜR MAGDA GENUG GEBÜSST! UND SONJA
HATTE NICHTS DAMIT ZU TUN!«
Ich hörte Sonja hinter mir tief ausatmen, und dachte,
dass es an ihrem schmerzenden Kopf liegen musste.
Pia zog so eine dämliche Grimasse, sodass ich fast
lachen musste.
»Hä?«
»Jetzt gib es doch einfach zu«, sagte ich müde.
»Wovon redest du, Baby?«, fragte Pia mit wimmernder
Stimme und zog ihren berühmten, beleidigten
Schmollmund.
»Von deiner Mutter!«
»Woher kennst du ...«
»Sie ist gestorben. Meinetwegen. Das ist mir schon klar.«
Pia sah mich verwirrt an.
»Muss ich dir jetzt noch auf die Sprünge helfen? Der
Wohnwagen? Klaus? Ich? Deine Puppen?«
»Meine ... meine Puppen?«, brabbelte Pia verwirrt.
Sonja war neben mir mittlerweile wieder auf die Füße
gekommen.
Stöhnend hielt sie sich ihren Kopf. Blut tropfte aus einem

Riss an ihrem rechten Ohr.

»Wir haben große Scheiße gebaut. Wir haben dein Leben zerstört. Aber auch deine Mutter war verantwortlich. Sie war Alkoholikerin.«

Nun lachte Pia.

»Was redest du bloß? Ja. Meine Mutter war Alkoholikerin. Ja, sie ist tot. Sie ist mit Papas Wagen gegen einen Baum gefahren. Danke, dass du mich daran erinnerst«, sagte Pia.

»Du lügst! Warum versuchst du sonst die ganze Zeit, mir wehzutun?«

Pia starrte mich fassungslos an. »Dir wehtun? Ich will dir nicht wehtun. Warum sollte ich das wollen? Ich will dir einfach nur zeigen, wie sehr ich dich liebe.«

Ich hörte Sonjas trockenes Gelächter. »Das merkt man.«

»Halts Maul, Bitch!«, fauchte Pia. »Ich liebe Lorenz. So habe ich noch nie für einen Mann empfunden. Wir werden zusammensein. Für immer. Du wirst uns bald nicht mehr im Wege stehen.«

»Ich will dich nicht!«, rief ich kalt. »Verschwinde aus meinem Leben.«

»Willst du das wirklich?«, fragte Pia ungläubig.

»JA!«, schrie ich.

»Papa hat gesagt, dass du mir verziehen hast. Er hat gesagt, dass du mit mir für immer zusammenbleiben willst. Er hat es versprochen!«, nörgelte Pia mit quengelnder Stimme.

Dieser Wichser, dachte ich.

»Ich habe dir gar nichts versprochen und jetzt verschwinde.«

Pia fasste sich theatralisch an die Stirn. »Das ist zu viel. Mein Kreislauf. Bevor ich für immer aus deinem Leben verschwinde, brauche ich einen Schluck Wasser«, hauchte sie und verschwand in der Küche, um wenig später mit einem langen Messer zurückzukehren.

»Pia. Was ...«

Sie sah uns nicht an, sondern betrachtete das Küchenmesser in ihrer Hand.

»Ich habe dich zu einem Star gemacht. Du bist berühmt,

dank mir. Die Leute lieben dich. Das war vorher nicht der Fall gewesen. Wir waren so ein gutes Team. Wir beide, Lorenz. Was ist mit uns passiert? Was ist bloß passiert? Du tust mir nur noch weh.«

Ich hob die Hände. »Pia. Ganz ruhig. Leg das Messer hin.«

Sie reagierte nicht. Sah weiter ihr Messer an.

Drehte es im schwachen Flurlicht.

»Vorher warst du ein Geschenk. Jetzt bist du ein Fluch. Du bist wie ein Krebsgeschwür und ich werde dich aus meinem Leben herausschneiden.«

Dann stieß sie einen herzzerreißenden Schrei aus und rannte mit dem Messer auf uns zu.

Ihr Gesicht nahm dabei monströse Züge an, als sie die Klinge hob.

Ich sah in Zeitlupe das Messer auf mich zurasen.

Neben mir stieß Sonja einen Schrei aus, der jedoch von Pias Gekreische übertönt wurde.

Ihr wildes Kampfgeschrei hörte erst auf, als meine Faust in ihrem Gesicht explodierte.

Pia flog zurück und knallte gegen den Schuhschrank.

Das Messer fiel ihr aus der Hand und sie hielt sich erstaunt die blutende Nase.

Erschrocken sah ich auf meine Hände.

Ich habe einer Frau brutal ins Gesicht geschlagen.

So was hätte ich mich vorher nicht mal in meinen düstersten Gedanken getraut.

Sonja trat mit dem Fuß das Messer aus Pias Reichweite.

Die Influencerin sah mich mit großen Augen an.

»Du hast ... hast mich geschlagen?«, fragte sie mit nasaler Stimme.

Sonja beugte sich vorsichtig über Pia. »Was hast du getan Lorenz?«

Beide sahen mich an.

»Ich ... ich ...«

Pia nickte Sonja zu. »Er hat mich geschlagen.«

»Tut es sehr weh?«, fragte Sonja.

»Ja!«, schluchzte Pia.

Sonja schlug ihr noch mal mit der Faust auf dieselbe

Stelle.

Noch mehr Blut spritzte aus Pias Nase.

»Ahhh! Du Miststück!«, keifte sie schrill.

»Aber Pia«, flötete Sonja. »Das ist doch das mindeste.«

Auf einmal stellte Pia ihr Weinen ein. Ihre Stimme wurde ruhig und kalt, als sie mich ansah.

»Du wirst bezahlen, Lorenz. Du wirst bestraft werden.«

Sonja lachte ihr ins Gesicht. »Wieso denn? Willst du der Polizei erzählen, dass du uns vorher mit einem Messer angegriffen hast?«

»Ich rede nicht von der Polizei. Ich habe meine eigenen Leute«, erwiderte Pia ziemlich ruhig. Dann hob sie ihre Hand, als würde sie einen Fluch auf mich schicken wollen.

»Das Internet vergisst nicht, Lorenz. Das Internet vergisst niemals.«

Sie erhob sich blutend und taumelte zur Tür.

»Wir sehen uns wieder, Lorenz«, sagte sie mit einem unheimlichen Lächeln.

Sie wischte sich mit dem Handrücken übers Gesicht.

»Ich kriege dich noch. Du kannst mir nicht entkommen.«

Dann riss sie die Tür auf und rannte aus der Wohnung.

32

Rons Herz zerbrach. Er zertrümmerte sein ganzes
Arbeitszimmer, bevor er schluchzend zusammenbrach.
Daniel beobachtete ihn mit großen Augen.
In der Hand hielt er ein Schokoladeneis am Stiel, wel-
ches langsam zu schmelzen begann.
Ron wimmerte.
Wie viel muss das arme Mädchen noch ertragen.
Wann hört diese Gewalt endlich auf.
Ron musste das Schwein stoppen.
Pia hatte ihm einen Link zukommen lassen, der ihn zu
einer Adresse auf Telegram führte.
Auf Instagram wollte sie sich wohl nicht die Blöße ge-
ben.
*Jetzt schämt sie sich auch noch für das, was dieser Hu-
rensohn ihr angetan hat.*
Ron war fassungslos und entsetzt gewesen, als sich Pia
voller Trauer und Angst in diesem Video an ihre engsten
Vertrauten wandte.
Ihre Nase war geschwollen und schief.
Ron dachte an ein wertvolles Gemälde, in das jemand
hineingeschlagen hatte, als er sie so sah.
Er hat sie entstellt.
Dennoch verteidigte sie ihn immer noch in diesem Video,
bis sie nicht mehr konnte.
Bis sie schluchzend zusammenbrach.
Es ist ein Hilfeschrei.
Hol sie da raus, Ron.
Hol sie raus.
Das würde er tun.
Aber erst einmal musste er seinen Körper und seine See-
le von diesem grausamen Anblick entgiften.
Er weinte und schrie zugleich.
Daniel trat mit dem Schokoladeneis auf ihn zu.
»Sei nicht traurig, Papa. Hier iss du es. Dann bist du nicht
mehr so traurig. Mama ist sicher bald wieder da.«
Ron sah ihn dankbar an, schüttelte dann aber den Kopf.
Um Mama ging es doch gar nicht.

Doch wie sollte er seinem Sohn sagen, dass Mama sie verlassen hatte.

Mit einem anderen Typen fickte, nur weil er ständig versagte.

Wie sollte das ein Kind in seinem Alter begreifen.

Daniel könnte es seiner Mutter übel nehmen.

Das wollte Ron nicht.

Er verstand Cynthia.

Sie verdiente Besseres.

Er war nicht nur im Bett eine Pleite.

Seit dem Rausschmiss von der Baustelle hatte er nur noch unterirdisch bezahlte Teilzeitstellen gefunden.

Seine Frau sorgte mittlerweile alleine für die Familie.

Sie verdiente eine Auszeit.

Verdiente, dass sie Spaß hatte.

Er nicht.

Er war ein Stück Dreck.

Er konnte nicht mal seine Frauen beschützen.

Das würde sich jetzt ändern.

Daniel hielt ihm weiter den Eisstiel hin.

Ron überlegte es sich anders und schleckte ein wenig dran.

Dann wurde er ernst.

»In Ordnung, Daniel. Ich danke dir für dein Eisangebot. Nur damit lassen sich meine Probleme gerade nicht lösen. Verstehst du das?«

Daniel nickte.

Er verstand.

»Wir müssen jetzt aufhören, Eis zu schlecken oder Fußball zu spielen, ja? Wir haben eine große Verantwortung. Wir sind Männer und müssen unsere Frauen beschützen. Vor sich selbst und vor anderen Männern. Ich werde dich heute mitnehmen. Und das wird kein Spiel sein. Es ist eine ernste Angelegenheit, die eigentlich nur große Leute machen sollten. Aber ich denke, du bist reif genug. Du wirst heute ein Mann werden«, sagte Ron und dachte, dass Daniel viel zu jung für diese Aufgabe war.

Auch das letzte Mal hatte er ja nicht wirklich verstanden, was sein Papa da machte.

Eigentlich sollte Daniel so was nicht mehr sehen.

Ron wollte seine Kindheit nicht unnötig verkürzen. Aber auch der neue Babysitter war abgesprungen, den Cynthia ihm kurz vor ihrem Abtauchen vermittelt hatte.

Also musste Daniel schneller erwachsen werden und vielleicht war es ja auch richtig so, dachte Ron.

Sie waren gleich mit der Telegram-Gruppe in der Kirche von Korben F. Applegate verabredet.

Dieser leitete eine Besprechung ein.

Auch ein paar andere auserwählte Follower von Pia waren mit dabei.

Es ging auch nicht nur um sie.

Es war viel weitreichender.

Es ging um den Widerstand.

Wahrscheinlich war Pia die ganze Zeit einer Verschwörung ausgesetzt gewesen.

Sie war den Hintermännern zu nahe gekommen.

Diese haben dann Lorenz geschickt.

Das arme Mädchen sollte mundtot gemacht werden.

Man wollte sie einschüchtern.

Nein, Daniel durfte heute dabei zusehen dürfen, wie sein Vater für eine große Sache kämpfen wird.

Für Pia.

Für den Widerstand.

33

»Hack ihm sein Schwänzchen ab. Du schuldest es mir«, sagte Pia zu Igor, der gerade Boxhandschuhe in einen Umzugskarton packte.

Nadja stand erwartungsvoll neben ihr.

Igor stöhnte.

»Du hast Nerven, hier noch mal herzukriechen. Was schulde ich dir denn? Ich habe dich vor einiger Zeit aus dem Drogenloch gezogen. Erinnerst du dich? Ich habe für dich eine Frau entsorgen lassen. Eine liebende Mutter, eine anständige Frau.«

»Anständig?«, rief Pia ungläubig.

»Ja, anständig. Im Gegensatz zu dir. Außerdem bin ich nun mein Studio los. Darf alles einpacken. Und wir können alle froh sein, dass wir noch am Leben sind.«

»Wieso das denn?«, fragte Nadja.

Igor deutete auf die Flecken an seiner Hose.

»Siehst du das hier? Ich bin vor Reinhardt im Staub gekrochen, damit er uns nicht alle abknallen lässt. Nur musste ich dafür einiges springen lassen.«

»Okay, verstehe. Aber warum hackst du ihm jetzt nicht sein Schwänzchen ab?«, fragte Pia ungeduldig.

»Das verlangst du jedes Mal von mir, wenn du mit einem Typen Schluss gemacht hast. Was hat Lorenz denn falsch gemacht?«

Pia deutete auf ihre krumme Nase.

»Siehst du doch! Er hat mich geschlagen.«

Igor packte Sportbälle in einen Karton.

»Dann hast du es wohl verdient.«

»Also Igor!«, empörte sich Nadja.

»Mich würde eher interessieren, was mit Zarjo passiert ist.«

»Was soll mit dem denn passiert sein?«, fragte Nadja.

«Der Schwule hat sich halt verschluckt.«

Igor sah sie tadelnd an.

»Ich mag deinen Kommentar nicht. Zarjo war wie ein Sohn für mich. Ich habe ihn geliebt, wie er war. Außerdem wäre ich bei Pia auch schwul geworden.«

Pia wollte protestieren, doch Igor sprach ungerührt weiter:
»Ich will wissen, wer ihm das angetan hat. Das war kein Unfall. Ich werde seinen Mörder finden und bestrafen. Ich hab noch genug Leute. Selbst wenn er im Knast sitzt, wird keine Mauer ihn mehr retten können.«
»Warum willst du mir nicht helfen?«, rief Pia schmollend.
»Ich werde dich von deinem Leid erlösen, wenn du noch mal wiederkommst.«
»Du bist ein mieser, kleiner Zuhälter. Ich brauche deine Hilfe nicht. Ich habe eine größere Reichweite als du. Ich bin berühmt auf Instagram, Tiktok, Facebook und Telegram. Ich habe auch so genug Leute«, sagte Pia und funkelte Igor an.
Er lächelte.
Es sah bedrohlich aus.
»Verschwinde und komm nie wieder her, oder ich werde dich abstechen lassen.«

34

Für Ron sah der Raum nicht wie eine Kirche aus. Eher wie ein umgestaltetes Foyer in Korbens Villa.

Hohe Wendeltreppen an den Seiten.

Gewaltige Kerzenleuchter und Deckenmalereien.

Es gab einige Sitzbänke.

Der Raum hatte eine kleine Bühne, auf dem ein aus Holz gebauter Altar stand.

Korbens Frau Erika deckte gerade einen Stapel Teller auf einen langen Tisch.

Ein fantastisches Buffet war dort auf einer weißen Decke angerichtet worden.

Unter anderem gab es Apfelkuchen.

Ron packte sich gleich ein großes Stück davon auf den Teller.

Der soll sehr gut sein, hatte Walter ihm anvertraut.

Korbens Leibwächter.

Ron bot seinem Sohn einen Teller an, doch dieser schüttelte mit dem Kopf.

Pia konnte leider nicht kommen, aber es waren genug Männer da, um sie zu verteidigen.

Die meisten waren älter als Ron.

Ende vierzig.

Familienväter so wie er.

Korben besprach noch irgendwas mit Walter, während sich die anderen Mitstreiter um das Buffet versammelten.

»Wir müssen uns jetzt aus dieser Diktatur befreien«, sagte der bärtige Ulli, als er sich Nudelsalat auf den Teller schaufelte.

»Widerstand!«, grölte Dennis und trank einen großen Schluck Bier, bevor er laut rülpste. Ron sah den Ansatz von einem Hakenkreuztattoo auf seinem Stiernacken.

Der Rest verschwand unter seiner Lederjacke.

»Das sind alles Echsenmenschen!«, rief Waldemar, ein Mann mit Anzug und weißen, gegelten Haaren.

Einen Augenblick lang fragte sich Ron, wo er hier gelandet war. Es ging doch eigentlich nur um Pia und nicht um grölende Nazis und Echsenmenschen.

Daniel stand stumm neben ihm.

Korben trat auf die Bühne mit einem Mikrofon. Als er die ersten Worte sprach, war es sofort still im Raum.

»Liebe Gemeindemitglieder. Wir haben uns heute hier versammelt um Widerstand zu leisten im Namen des Herrn.

Widerstand gegen die Unterdrückung der Gläubigen.

Widerstand gegen dunkle Mächte und gegen die Schlangen im Paradies, welche die Ungläubigen zu schändlichen Taten verführen.«

»Hängt die Echsenmenschen!«, brüllte Waldemar dazwischen.

Das fand Korben dann doch etwas übertrieben.

»Ähm ... Na ja. Wir sollten natürlich behutsam mit den Mitteln unseres Widerstandes umgehen. Denn die armen Sünder wissen ja nicht, was sie tun.

Wir sollten uns erst einmal unserer Stimme bewusst werden und weitere Gläubige für unsere Gemeinde gewinnen.«

Ron verlor die Geduld. Der Apfelkuchen schmeckte zwar köstlich, aber er war nicht deswegen hier und gläubig war er schon gar nicht.

»Was ist denn jetzt mit Pia?!«, brüllte er.

»Ja, mein Sohn. Wir haben eine Kriegerin des Lichtes unter uns, die von den Schattenmännern bedroht wird.

Pia Schaumbach! Gott möge ihrer gepeinigten Seele gnädig sein. Sie hat für uns der Hölle die Stirn geboten und Satan greift nun mit seinen Klauen nach ihr!«, donnerte Korben.

»Genau! Und dieser Satan heißt Lorenz!«, rief Ron wieder dazwischen.

»Sehr richtig!«, pflichtete ihm Korben bei. »Ich verfluche diesen Lorenz. Der Herr lasse all seine Plagen über ihn kommen. Er ist ein Schurke. Ein Diener der Pharmaindustrie. Er hat sich gegen uns Gläubige gewandt. Der Herr wird ihn dafür zur Rechenschaft ziehen.«

»Das dauert doch viel zu lange!«, schrie Ron.

»Papa, red doch nicht immer dazwischen. Das ist unhöflich«, empörte sich Daniel.

»Daniel, sei bitte still. Das hier ist wirklich sehr ernst. Hör einfach zu und lerne«, flüsterte sein Vater.

»Ron hat recht. Wir müssen ihn aufknüpfen!«, schrie Dennis und war bereits rot angelaufen.

Gegen einen Toten schien Korben dann doch nichts zu haben.

»So soll es sein. Der Herr liebt alle, die ihn lieben. Lorenz liebt er nicht. Lasst uns ein Zeichen setzen. Für den Herrn. Für den Widerstand.«

Korben segnete seine neuen Gemeindemitglieder. Dann sammelte Erika mit der Kollekte Spenden für weitere Kundgebungen und Projekte ein, die den Widerstand unterstützen sollten.

Ron war zutiefst von dem charismatischen Prediger und seinen Ambitionen beeindruckt. Er warf in die Kollekte all sein Geld, was er dabei hatte.

Auch die anderen Widerstandskämpfer stopften große Scheine in den Sack.

Nun übergab Korben die Leitung an Walter.

Denn er musste weiter.

Weitere Kundgebungen organisieren.

Lächelnd hob er noch mal seine Arme, um seine neuen Anhänger zu segnen.

Dann verließ er die Villa, um in seinen Sportwagen zu steigen.

Nachdem die Männer das Buffet verinnerlicht hatten, tranken sie noch eine Weile.

Fast alle tranken Bier.

Bis auf Waldemar, der Rotwein bevorzugte und Daniel, der nur Orangensaft trinken durfte.

Nach einem gewissen Pegel fingen die selbst ernannten Widerstandskämpfer an, chorisch zu singen.

Die Sprechchöre wurden immer lauter.

Immer fordernder.

»DEUTSCHLAND!«

»WIDERSTAND!«

»HÄNGT LORENZ!«

Daniel konnte mit den Worten zunächst nicht viel anfan-

gen.
Aber da sein Vater am lautesten brüllte, stieg er in den Chor mit ein.
Irgendwann fühlten sich die Worte für ihn richtig an.

35

Es war fast 22 Uhr und der Feierabend wartete auf uns.
»Hast du die Milchtüten schon einsortiert?«, fragte mich
Martin.
»Mach ich gleich«, sagte ich und strich mit der Hand über
mein geschwollenes Auge.
Ich fühlte mich immer noch gerädert. Der Kampf mit Pia
hatte seine Spuren hinterlassen. Ich bedauerte es immer
noch, eine Frau geschlagen zu haben. Doch dann sah ich
mir Sonja an, die von Pia heftigst attackiert worden war.
Ihre Lippe war aufgeplatzt und auch bei ihr war ein Auge
angeschwollen. Sie trug ein Pflaster auf ihrem rechten
Ohr und musste sich mit starken Kopfschmerzen herum-
schlagen. Aber ich war mir nicht sicher, ob sie nur deswe-
gen so ruhig war. Sie sah mich in letzter Zeit auch so son-
derbar an.
Sie schien jedoch nicht mehr wütend auf mich zu sein.
Wir waren im Supermarkt vermisst worden und bekamen
Ärger mit dem Filialleiter.
Herr Schuhmann.
Am Nachmittag führte er ein Gespräch mit uns.
Zuerst nahm er sich Sonja vor.
Dann kam ich an die Reihe.
Unsere Blessuren schien er gar nicht zu bemerken.
»Auch wenn Sie jetzt auf Instagram berühmt sind, Herr
Kampmann. Ich erwarte eine gewisse Präsenz hier bei
der Arbeit, oder Sie können auch gleich zu Hause blei-
ben.«
Meine Präsenz in den sozialen Medien hatte sich jedoch
wieder stark abgebaut.
Kaum war ich mit Pia zerstritten, sank die Anzahl meiner
Follower wieder auf ein mageres Niveau.
Gut, dass ich darauf grundsätzlich keinen allzu großen
Wert legte.
Als ich gerade zu der laktosefreien Milch wollte, sah ich
Hasso außen am Fenster stehen.
Er grinste mich an.
Dann fuhr er sich mit dem Finger über den Hals, bevor er

wieder von der Dunkelheit verschluckt wurde.
Sonja kam zu mir.
»Wer war das denn eben?«
»Ein Fan von mir.«
»Ein Fan, der dir die Kehle durchschneiden will?«
»Ich habe nur irre Fans«, sagte ich.
Sie sah mich wieder eindringlich an.
»Lorenz. Ich muss dir was sagen. Dir wird es danach bestimmt besser gehen. Lass uns gleich zu mir gehen, oder hast du schon was vor?«
»Sicher nichts Besseres«, sagte ich und lächelte sie an.
Herr Schuhmann räusperte sich hinter uns.
»Ich bezahle Sie nicht, um hier Schwätzchen zu halten. Sie sind nicht hier, um zu plaudern. Langsam ist das Maß wirklich voll. Herr Kampmann, draußen warten Ihre Freunde auf Sie. Die lungern auf dem Kundenparkplatz herum und wollen unbedingt mit Ihnen sprechen.«
Er sah mich anklagend an und deutete auf das große Fenster.
Ich sah hinaus und erblickte mehrere Männer mit Baseballschlägern, die an einem Wagen standen.
Einer hielt ein großes Plakat in die Luft.
HÄNGT LORENZ.
Ich fragte mich, wie mein Chef davon ausgehen konnte, dass diese Gestalten meine Freunde waren.
»Das sind nicht meine Freunde.«
»Was denn dann? Die wollen Sie doch unbedingt sehen.«
Auch Per und Lene traten an das Fenster.
»Das sieht nach Ärger aus für Lorenz«, sagte Per.
»Ich ruf die Polizei!«, rief Sonja.
Der Filialleiter seufzte. »Ja. Das wäre wohl das Beste. Bis dahin sollte Herr Kampmann vielleicht rausgehen und mit denen reden. Damit es hier nicht eskaliert.«
»Sind Sie wahnsinnig? Die werden ihn umbringen!«, fuhr Sonja ihn an.
Herr Schuhmann warf die Hände in die Luft.
»Was soll ich denn jetzt machen? Die ganzen Kunden werden schon draußen angepöbelt. Die werden erst gehen, wenn wir denen Lorenz geben.«

Auch Martin war dazugekommen. »Auf gar keinen Fall!«, protestierte er.

Auch Lene und Per schüttelten die Köpfe.

»Die werden ihn fertigmachen.«

Per legte dem Filialleiter einen Arm um die Schulter.

»Vielleicht sollten Sie rausgehen?«

Herr Schuhmann sah ihn entsetzt an. »Wie bitte?«

»Sie sind eine Autorität, aber gleichzeitig auch ein sehr integrer und diplomatischer Mensch. Ich habe immer zu Ihnen aufgesehen. Wenn jemand diesen Pöbel zur Vernunft bringen kann, dann wären Sie das, Herr Schuhmann«, log Per.

Herr Schuhmann sah ihn skeptisch an, doch Pers Worte schienen seine Eitelkeit beflügelt zu haben.

»Also gut. Ich klär das«, sagte er entschlossen.

36

»Ich hab nen längeren«, sagte Walter grinsend zu Ron,
als dieser seinen Teleskopschlagstock ausfuhr.
Seinem Sohn Daniel gab Ron eine Wasserpistole, damit
er sich auf seine Art am Widerstand beteiligen konnte.
Nachdem sie sich alle mit einem Eierlikör gestärkt hat-
ten, waren die Männer zum Kampf bereit.
Ron war sich seines Sieges sicher.
Der feige Lorenz verkroch sich in seinem Supermarkt und
dachte, er konnte seiner gerechten Strafe entkommen.
Der schmierige Abteilungsleiter trat wieder ins Freie.
»Was ist denn jetzt? Kommt er raus, oder nicht?«, rief
Walter.
»Ich möchte Sie bitten ...«, begann Herr Schuhmann.
»Entweder er kommt raus oder wir werden reinkom-
men!«, brüllte Ron.
Herr Schuhmann wurde von dem Fernlicht geblendet,
welches Hasso in seinem Wagen eingeschaltet hatte.
Der Filialleiter hielt schützend die Hände vor die Augen.
Leckte sich über die Lippen.
»Hören Sie zu. Ich werde ...«
»Gar nichts wirst du, Nazischaf! Wenn er nicht sofort
rauskommt, schlagen wir hier alles kurz und klein!«, gröl-
te Dennis und schwang seinen Baseballschläger.
Hasso machte die Scheinwerfer aus und stieg aus seinem
Wagen.
In der Hand hielt er einen großen Ziegelstein.
»Bitte. Wir werden eine Lösung finden. Ich werde mit Lo-
renz ...«
Der Filialleiter wurde brutal unterbrochen.
»Jetzt kommt der Widerstand!«, brüllte Hasso und warf
Herrn Schuhmann den Stein an den Kopf.
Dieser sank mit blutiger Stirn zu Boden.
»Für Pia!«, schrie Ron.
»Für Deutschland!«, brüllte Walter.
»Schnappt euch die Echsenmenschen!«, kreischte Walde-
mar.
Dann rannten die Männer brüllend auf den Supermarkt

zu.

37

Ich sah aus dem Fenster, wie sich ein Polizeiwagen dem wütenden Mob in den Weg stellte.

Eine Polizistin und ihr Kollege stiegen aus.

Der Mob teilte sich.

Während die eine Hälfte mit Baseballschlägern auf die Beamten zurannte, verprügelte der Rest den armen Herrn Schuhmann.

Es war nur noch wenig Kundschaft im Supermarkt.

Zwei ältere Damen und zwei jüngere Männer, die alle geschockt die brutalen Bilder auf dem Parkplatz verfolgten.

»In Ordnung!«, rief Per. »Der Eingang ist jetzt verriegelt. Aber diese Männer werden hier reinkommen. Wir müssen uns verteidigen. Versteckt euch, aber falls sie euch finden, schlagt zurück. Benutzt alles als Waffe, was ihr finden könnt.«

»Gewalt ist nicht gut«, sagte der eine junge Kunde. »Können wir nicht erst einmal versuchen, mit denen zu reden?«

»Kannst du gerne machen«, erwiderte Per. »Bei unserem Chef hat das ja auch wunderbar funktioniert. Ich werde mich jedenfalls mit allen Mitteln wehren. Ich weiß, moralisch ist das so eine Sache. Aber es heißt jetzt, die oder wir. Also versteckt euch alle im Supermarkt und bewaffnet euch. Wir haben ja genug Waren hier herumliegen.«

Das taten wir dann alle.

Gerade noch rechtzeitig.

Es erschienen die ersten Risse am Schaufenster, als Hasso die Polizistin gegen die Scheibe rammte.

Weitere Männer folgten.

Sie benutzen die Frau als Rammbock und pressten sie gegen die Scheibe.

Schließlich zersprang diese.

Die Männer fielen auf die blutende Polizistin, als die Scheibe nachgab.

Ich hatte mich unter dem Obststand versteckt, während der Mob weiter auf die arme Polizeibeamtin einprügelte.

»Hört auf!«, schrie der Mann, den ich schon im Boxklub

gesehen hatte. »Wir sind nicht ihretwegen hier! Nur wegen Lorenz!«

Er schubste ihre Peiniger einfach um, während sich seine Augen gierig umsahen.

In der Hand hielt er einen Teleskopschlagstock.

Dann erschien an der kaputten Scheibe ein kleiner Junge.

In der Hand hielt er eine Wasserpistole.

»Deutschland! Peng Peng!«, rief der Junge aufgedreht.

»Bleib da. Daniel«, sagte der Mann.

»Ron!«, wimmerte ein glatzköpfiger Mann, der sich den Hals hielt.

Der Sturz durch die Scheibe hatte ihm zugesetzt.

Eine große Scherbe steckte in seinem Hals.

»Ron!«, versuchte er kläglich, auf seine Situation aufmerksam zu machen.

Doch der Mann, der wohl Ron hieß, nahm ihn gar nicht wahr.

Zu sehr war er damit beschäftigt, mich zu finden.

»Lorenz!«, sang er, während er seinen Teleskopschlagstock schwang. »Wo steckst du denn?«

Der Glatzkopf wandte sich an einen anderen Mann mit Undercut, der nun auch einen Teleskopschlagstock ausfuhr.

»Walter. Hilf ... hilf mir«, stammelte er und hielt sich weiterhin den blutenden Hals.

»Halts Maul, Dennis! Nenn nicht meinen Namen«, fuhr Walter ihn an.

Der Mann, der Dennis hieß, versuchte nun, sich selbst zu helfen.

Er zog sich mit einem hohen Aufschrei die Glasscherbe aus dem Hals.

Ein großer Fehler.

Seine Wunde öffnete sich.

Das Blut spritze aus seinem Hals.

Kreidebleich sackte Dennis zu Boden.

In diesem Augenblick entdeckte Ron Sonja hinter dem Kühlregal.

»HA! WO IST LORENZ?!«, brüllte er.

Ich sprang aus meinem Versteck.

Martin warf eine Bierflasche.

Sie explodierte auf Rons Kopf.

Der Mann sackte zu Boden.

Daniel lief mit seiner Wasserpistole in den Supermarkt.

»Papa! Ihr habt Papa wehgetan! Peng Peng!«

Doch ich hatte größere Sorgen als Daniels Wasserpistole.

»Da bist du ja, Nazischaf!«, rief Hasso, als er mich entdeckt hatte.

Er rannte brüllend mit einem Baseballschläger auf mich zu.

Ich wich ängstlich zurück.

Dabei fiel mein Blick auf die Wassermelonen.

Ich nahm eine und prellte sie mit beiden Händen in Hassos Richtung.

Seine Nase knackte laut, als sie in sein Gesicht krachte.

Er knallte sofort zu Boden.

Währenddessen bearbeitete Walter den wimmernden Martin mit seinem Teleskopschlagstock.

Ich hörte meinen Kollegen schrill aufschreien, als seine ersten Knochen brachen.

Blutüberströmt und mit gebrochenen Beinen klappte er zusammen.

Lene wimmerte vor Entsetzen auf, sodass Walter auch sie entdeckte.

»Na, mein Schätzchen? Brauchst wohl auch mal wieder einen richtigen Knüppel, was?«, rief er und steuerte mit seinem Schlagstock auf sie zu.

Er zog eine dämliche Grimasse, als Per auf seinem Schädel eine große Whiskyflasche kaputt schlug.

Walter wollte benommen mit dem Metallstab nach ihm schlagen. Doch er war zu langsam.

Eine Faust von Per schickte ihn zu Boden.

Anschließend rammte der Security noch sein Knie gegen Walters Nase.

Der Mann verdrehte die Augen und kippte zur Seite.

Per nahm ihm den Teleskopstab ab.

»Jetzt ist das Glück auf unserer Seite«, knurrte er und ich sah wieder seinen berühmten Killerblick.

Hasso erhob sich stöhnend. Sein Gesicht war hinüber.

Blut sickerte ihm aus Mund und Nase. Er spuckte einen Zahn aus.

»Das ... das wirst du bereuen!«, lispelte er und sprang durch die kaputte Fensterscheibe wieder nach draußen.

Ron kam wieder auf die Beine und zückte seinen Teleskopschlagstock.

Per nahm Walters Metallstab und steuerte entschlossen auf ihn zu.

»Wir haben jetzt genug von euch, du scheiß Nazi!«, grollte Per.

»Ich bin kein Nazi!«, brüllte Ron.

In diesem Moment packte Walter von hinten Pers Beine, hob den hochgewachsenen Wachmann in die Höhe und schleuderte ihn brüllend durch die Luft.

Per knallte mit der Schläfe gegen das Kühlregal.

Überrascht stellte ich fest, dass seine Freundin Lene diese Szene ungerührt beobachtete.

Auch als Walter ein Jagdmesser aus seiner Tasche zog, um ihn abzustechen.

»Schade, dass du jetzt bewusstlos bist. Kriegst ja gar nichts mehr mit, wenn ich dich ausweide«, sagte er grinsend und steuerte auf Per zu.

Lenes Gesichtsausdruck verwandelte sich erst in Entsetzen, als Sonja Walter mit einer Raviolidose nieder schlug, und Per sich wieder erhob, als wäre nichts gewesen.

Doch bevor ich mir weiter über ihre fragwürdige Beziehung Gedanken machen konnte, schlug mir Ron mit seiner Rückhand wuchtig auf den Mund.

»Hey, Lorenz!«

Ich krachte in den Obststand.

Spuckte anschließend Blut.

Mein Gesicht fühlte sich taub an.

Ron rannte auf mich zu.

Ich riss eine Kiste mit Bananen zu Boden.

Der Familienvater stolperte darüber.

Ich rannte panisch durch den Supermarkt.

Ron lief mir knurrend hinterher.

In rasender Geschwindigkeit.

Schon bald ging mir die Puste aus.

Keuchend warf ich eine Milchtüte nach Ron.

Er fluchte, als ich seinen Kopf traf.

Dann schlug er mit dem Teleskopschlagstock nach mir.

Die Luft zerteilte sich neben meinem Gesicht, als ich ihm knapp ausweichen konnte.

Ron sprang mir mit einem Drehkick gegen die Brust.

Ich segelte durch den Raum und mein Sturzflug wurde von einem Regal aus Proteinprodukten gestoppt.

Ron raste brüllend auf mich zu und schlug wieder mit dem Metallstab nach mir.

Auch dieses Mal konnte ich gerade noch ausweichen und zerschlug ein Glas mit Erdnussbutter auf seiner Stirn.

Ron sackte zusammen.

Draußen waren nun mehr Polizisten und kämpften mit den verbliebenden Männern. Alle sprangen auf dem Parkplatz zur Seite, als ein schwarzes Auto auf den Supermarkt zuraste.

»Peng peng!«

Daniel spritzte mich gerade von der Seite mit Wasser nass, während der Wagen durch die Scheibe krachte.

Ich sah Hassos grinsendes Gesicht, als er mich überfahren wollte.

Es war ihm auch völlig egal, dass ein kleiner Junge mit in der Schusslinie stand.

Ich schubste Daniel in letzter Sekunde zur Seite.

Schaffte es aber selber nicht mehr rechtzeitig.

Mein Leben rauschte an mir vorbei, als der Wagen mich erfasste.

38

»Du Schwein!« schrie Sonja und sprang Hasso von hinten an, als dieser mit seinem Baseballschläger aus dem Wagen stieg.

Er schickte sie mit einem Ellbogencheck zu Boden.

Ron starrte verwirrt auf seinen Sohn, der noch lebte.

Dann sah er auch Lorenz, der ein paar Meter weiter auf dem Boden lag.

Sein Kopf lag in einer Blutlache, sein Bein stand im unnatürlichen Winkel ab.

Er hat ihn gerettet.

Er hat meinen Sohn gerettet.

Ron verstand gar nichts mehr.

Es machte alles absolut keinen Sinn.

Wenn Lorenz zu den Guten gehörte, auf welche Seite gehörte dann Pia?

Dafür gab es bestimmt eine plausible Erklärung, dachte Ron und beobachtete Hasso, wie dieser euphorisch seinen Baseballschläger schwang.

Er trat mit dem Schläger auf Lorenz zu.

In der Absicht, ihm den Rest zu geben.

»Jetzt hab ich dich, du kleine Fotze«, zischte Hasso und grinste triumphierend.

Er wollte gerade zum vernichtenden Schlag ausholen, da traf ihn Rons Teleskopschlagstock am Arm.

Hasso wimmerte auf und ließ den Schläger fallen.

»Lass ihn in Ruhe«, knurrte Ron.

»Papa!«, rief Daniel hinter seinem Vater.

»Gleich«, brummte Ron geistesabwesend.

Bei Pia wusste er gar nichts mehr.

Aber er wusste nun, dass Lorenz nicht sein Feind war.

Nur einer kam dafür infrage.

Ron fixierte Hasso.

»Was soll denn das?«, jaulte dieser. »Du wolltest doch, dass wir wegen dieser Schlampe ...«

Weiter kam er nicht.

Rons Schädel krachte gegen sein gebrochenes Nasenbein.

In diesem Moment stürmten die restlichen selbst ernannten Widerstandskämpfer in den Supermarkt, blieben jedoch schockiert stehen.

Alle im Markt waren heute Zeuge unsäglicher Gewalt geworden.

Doch Rons jetziger Ausbruch sollte dem brutalen Tag die Krone aufsetzen.

Egal, ob Freund oder Feind. Alle standen sie nun stumm nebeneinander und beobachteten den Familienvater schockiert dabei, wie er auf Hassos Brustkorb kniete und dessen Gesicht zu Brei schlug.

»DU MIESES SCHWEIN! NENN SIE NICHT SO! SIE IST EIN ENGEL!«. Ron wollte daran glauben. Es war zu viel passiert. Es gab kein Zurück mehr.

Mit verzweifelter Wut hämmerte er mit seinen großen, haarigen Pranken auf Hasso ein.

Alle Umstehenden zuckten entsetzt zusammen, als Hassos Wangenknochen zersplitterten.

»SIE HAT NIEMANDEM ETWAS GETAN! SIE IST EIN ENGEL!«

Als die Polizei in den Markt stürmte, war Hassos Gesicht nur noch ein blutiger Klumpen Fleisch.

»DU SOLLST SIE NICHT SO NENNEN! DU SOLLST SIE NICHT SO NENNEN! SIE IST EIN ENGEL! SIE IST EIN ENGEL!«, kreischte Ron, bevor er wimmernd auf dem toten Hasso zusammenbrach.

39

Ich hörte jemanden grunzen und wachte auf.
Ich sah Dunkelheit und ein dämmriges Licht.
Über mir flatterte ein weißes Gewand.
Es erinnerte mich an einen Engel.
Ich sah in das maskierte Gesicht einer jungen
Krankenschwester.
Sah so der Himmel aus?
Sie summte mir ein Kinderlied ins Ohr.
Ich habe dieses Lied in letzter Zeit sehr oft gehört,
konnte es aber nie zuordnen.
Meine Augen gewöhnten sich ans dämmrige Licht.
Ich sah, dass ich in einem weißen Bett lag.
Ein Krankenzimmer.
In dem zweiten Bett lag Georg und zersägte mit seinem
Schnarchen die Luft.
Sein Gesicht lag zerknautscht auf der Seite und sabberte
ins Kissen.
Auf dem Boden lag eine Frau, die nur Unterwäsche trug
und mich mit aufgerissenen Augen anstarrte.
An ihrem Hals klaffte eine große Wunde.
Ich sah wieder auf die Krankenschwester über mir.
Ihre haselnussbraunen Augen kamen mir bekannt vor.
Ihre Augen schienen über der Maske zu lächeln und
hatten einen unheimlichen Glanz.
Georg schnarchte beherzt weiter.
»Hey, Schatz, was ich dir noch sagen wollte ...«, flüsterte
Pia, bevor sie mir dreimal ein Messer in die Brust
rammte.
»Ich liebe dich«, sagte sie mechanisch und ließ das
Messer in meiner Brust stecken, bevor sie summend aus
dem Zimmer lief.

40

Drei Monate später

»Du warst nie perfekt gewesen, aber wer kann das schon
von sich behaupten. Du ...«
Sonjas Stimme versagte, als wieder Tränen in ihre Augen
stiegen.
Ein Strauß Blumen hing schlaff in ihrer Hand.
»Du wolltest immer nur das Beste. Du bist gescheitert,
aber du hast alles gegeben. Auf deine Art. Du wirst
immer ein riesiges Loch in meinem Herzen hinterlassen.«
Sie starrte auf den Grabstein.
Eine ältere Frau schob sich mit einem Rollator vorbei.
Sonja starrte auf das verwucherte Blumenbeet vor dem
Grabstein und beschloss, den Friedhofsgärtner später
darauf anzusprechen.
»Du hast mir gezeigt, dass es nichts Wichtigeres gibt als
Vergebung. Ich habe dir vergeben und ich hoffe, du
kannst auch irgendwann mir vergeben«, sagte sie leise.
Sonja unterbrach sich, um in ein Taschentuch zu
schnäuzen.
»Ich habe dich geliebt. Ich werde dich immer lieben,
egal was passiert. Ich bin stolz auf dich, egal was die
anderen sagen. Ich ... ich habe den Menschen vergeben,
die dir wehgetan haben und es fühlt sich gut an.
Ich habe gelernt, nicht mehr wütend zu sein. Ich habe
gelernt, wie wichtig es ist zu verzeihen. Ich wünschte, du
könntest das noch erleben.
Vielleicht wärst du auch stolz auf mich? Ich vermisse
dich jeden Tag.«
Sonja starrte auf den Grabstein.
»Ich habe übrigens wieder meine natürliche Haarfarbe.«
Sie fuhr sich durch ihre blonden Haare.
»Ich habe jemanden kennengelernt. Du kennst ihn. Ein
bisschen. Aber er ist gut für mich. Er wird die Leere in
meinem Herzen füllen. Das ist das Schöne daran, wenn
man vergeben kann. Ich bin mit ihm zusammen. Seit
einiger Zeit. Ich hoffe, du nimmst mir das nicht übel. Ich

glaube, du kannst es verstehen. Er ist ein guter Mensch.«
Sie legte den Blumenstrauß vor den Grabstein.
»Du fehlst mir jeden Tag. Ich vermisse dich, Mama. Ich
werde dich immer lieben.«
Sonja sah noch ein letztes Mal auf den Grabstein ihrer
Mutter.
Dann lief sie zum Bahnhof Buxtehude.
Sie wollte heute noch den Zug kriegen.

41

Meine Buße war beendet.
Ich habe Glück gehabt.
Pia hatte bei ihrer Messerattacke keine lebenswichtigen Organe getroffen.
Mein Schlüsselbein war erst einmal hinüber.
Aber alles würde wieder zusammenwachsen.
Mein Bein bereitete mir noch große Schmerzen.
Aber ich war wieder einigermaßen in der Lage, zu laufen.
Größere Sorge machte mir meine Lunge.
Das Geröchel, was Pia immer so auf die Palme gebracht hatte, war eine Spätfolge einer Covid-19 Erkrankung.
Ich wusste nicht, wann ich mir Corona eingefangen hatte.
Jedoch hatte der Arzt bei mir Long-Covid festgestellt.
Ich sollte noch lange Zeit damit zutun haben, meinte er.
Pia hatte auch eine Krankenschwester schwer verletzt und ihr die Kleidung abgenommen und konnte so erst einmal unbemerkt aus dem Krankenhaus fliehen.
Überraschenderweise stellte sie sich wenig später der Polizei und erzählte den Ermittlern zur Überraschung aller die Wahrheit.
Ihr Vater sollte jedoch dafür sorgen, dass ihre Bestrafung nicht allzu hart ausfiel.
Er konnte sich einen sehr guten Anwalt leisten.
Dieser argumentierte, dass ich es mit meinem passiven Verhalten darauf angelegt hätte.
Er beschrieb mich vor Gericht als kalten und suizidgefährdeten Narzissten, der Pia emotional zerstört hat.
Tatsächlich hatte ich mit 17 Jahren im besoffenen Kopf einen halbherzigen Selbstmordversuch unternommen.
Danach nie wieder.
Dann brachte er noch Pias schwierige Kindheit ins Spiel.
Die alkoholisierte Mutter.
Ihr früher Tod durch einen Autounfall.
Pias gewalttätige Ex-Freunde.
Ihre Crystal Meth Sucht und deren Folgen.

Am Ende stand Pia als gewalttätiges Opfer da, was sie ja auch in gewisser Weise war.

Sie bekam ein paar Jahre Gefängnis und ein paar mehr Jahre Sicherheitsverwahrung.

Doch sie würde irgendwann wieder rauskommen.

Sie kündigte mir schon in romantischen Briefen freudig ihren Besuch an.

Irgendwann habe ich sie nicht mehr gelesen, aber ich weiß, dass ich mich für den Rest meines Lebens umdrehen muss.

Auch Ron musste sich umdrehen.

Allerdings im Gefängnis.

Vorerst war er in Schutzhaft.

Den Ermittlern gelang es, ihn mit dem Tod von Zarjo in Verbindung zu bringen.

Der Rapper hatte viele Freunde gehabt und mindestens so viele Fans wie Pia.

Einige davon saßen auch im Gefängnis.

Gerüchten zufolge wollten viele von ihnen Zarjos Tod rächen.

Ron würde länger im Gefängnis bleiben als Pia.

Auch Max erlag seinen Verletzungen.

Drei junge Männer hatte der Familienvater nun auf dem Gewissen.

Mir tat er fast leid.

Genau wie ich war er geblendet worden.

Erst im Gefängnis begriff er, wie falsch er mit Pia lag, und all seine Taten wurden ihm im ganzen Ausmaß bewusst.

Dann erfuhr er noch, dass Cynthia gestorben war.

Er war nun ein gebrochener Mann.

Kurz vor dem Wahnsinn.

Vielleicht würden ihm Zarjos Freunde einen Gefallen tun?

Ich wusste es nicht, und es war mir eigentlich auch egal.

Hauptsache meine Buße war vorbei und ich war am Leben.

Jedoch musste ich eine Sache noch wissen.

Ich stand vor einem Wohnblock in Berlin Marzahn.

Vor dem Block war Max von Ron hingerichtet worden.

Ich klingelte bei Per und Lene.

Mir ging ihr Gesichtsausdruck nicht aus dem Kopf, als ihr Freund fast getötet worden war.

Nach einer Weile ertönte der Türsummer.

Per stand an der Wohnungstür, als ich schnaufend im zweiten Stock ankam.

»Hey!«, rief Per mit müden Augen. »Du lebst noch. Wie geht es dir, Lorenz?«

»Ganz gut«, sagte ich aufrichtig.

»Ich muss gleich los. Hab ein Vorstellungsgespräch. Vielleicht komm ich bald aus diesem Drecksladen raus.«

»Das kann ich dir nur wünschen. Ich wollte fragen, ob wir nicht mal zu dritt ein Bierchen trinken könnten.«

»Das ist doch eine gute Idee. Sehr gerne«, sagte Per mechanisch. »Lene ist noch hier. Ihr könnt ja einen Kaffee trinken, oder so. Ich muss jetzt los.«

Mich wunderte es, dass er mich mit ihr alleine lassen wollte.

Normalerweise ließ Per keinen Mann mit seiner Freundin allein.

Er galt als sehr eifersüchtig.

Mir schien er jedoch zu vertrauen.

Lene begrüßte mich ebenfalls freundlich und bat mich in ihre Wohnung.

Die Wohnung war klein und ich fragte mich, ob die beiden überhaupt noch Privatsphäre hatten.

»Mensch Lorenz. Wie geht es dir? Hast ja einiges überstehen müssen. Alles gut?«

»Ja. Wie geht es dir?«

»Gut«, sagte sie, ohne mich anzusehen.

»Ich habe deinen Blick im Supermarkt gesehen, als Per angegriffen wurde. Ist alles gut zwischen euch?«

»Ja!«, sagte sie plötzlich laut und fixierte einen Punkt hinter mir.

Ich drehte mich um und sah, dass Per wieder in der Tür stand.

»Hab mein Handy vergessen.«

»Ich dachte, du hast ein Vorstellungsgespräch. Wozu brauchst du denn dein Handy?«, fragte Lene ihren

Freund.

»Wir müssen uns immer erreichen können«, erwiderte Per.

»Die Firma ist doch gleich um die Ecke«, rief Lene irritiert.

Per seufzte, anstatt zu antworten.

»Wir sehen uns, Lorenz«, sagte er noch leise zu mir, bevor er die Tür hinter sich heranzog.

Als wir hörten, wie sich seine Schritte im Treppenhaus entfernten, veränderte sich Lenes Blick.

»Wir sind kompliziert, Lorenz.«

»Brauchst du Hilfe?«

»Gerade sind wir in einer guten Phase.«

Sie sah mich wieder intensiv an.

Sie hatte damals sofort gespürt, was zwischen Pia und mir ablief.

Ich spürte etwas Ähnliches bei ihr.

Vielleicht entwickelten Opfer eine gewisse Sensibilität dafür?

Ich wusste es nicht, wollte es aber gerne herausfinden.

»Du kannst immer zu mir kommen, wenn du Hilfe brauchst, Lene.«

Sie sagte wieder nichts.

Sah mich einfach nur an.

Lene schien zu überlegen.

Ich gab ihr meine Handynummer.

Sie speicherte sie sofort ein.

»Vielleicht melde ich mich. Vielleicht auch nicht«, sagte sie dann.

Ihre Haltung war nun wieder verschlossen.

»Machs gut, Lene.«

Ich war schon fast aus der Tür raus, da rief sie mich noch mal.

»Lorenz?«

»Ja?«

»Danke.«

42

Obwohl es sehr windig war, ließ sich Sonja von Cuxhaven begeistern, als ich ihr die Kugelbake zeigte, ein Wahrzeichen für die kleine Küstenstadt. Dort hatten wir das Glück, zwischen ein paar Steinen eine Robbe zu sichten.

Anschließend liefen wir Hand in Hand durch den Sand zurück.

Wir bummelten durch den Hafen und sahen uns dabei ein paar Segeljachten an.

Dann küssten wir uns auf der Alten Liebe, nachdem wir durch ein Fernglas ein Frachtschiff erspäht hatten.

Wir verließen die Aussichtsplattform und aßen in einem Restaurant eine Fischplatte, bevor wir am frühen Abend erschöpft in unsere Ferienwohnung zurückkehrten.

Von dort hatten wir eine herrliche Aussicht auf den Strand.

Wir sahen uns noch vom Balkon aus den Sonnenuntergang an, bevor wir zu Bett gingen.

Eng umschlungen schliefen wir ein.

Mitten in der Nacht wachte ich auf.

Ich dachte an Pia.

Mittlerweile glaubte ich nicht mehr, dass sie das Mädchen aus dem Wohnwagen war.

»Kannst du nicht schlafen?«, fragte mich Sonja.

»Nein.«

»Was denkst du?«

»Mir gefallen deine blonden Haare.«

Keine Reaktion.

Ich konnte ihr Gesicht in der Dunkelheit kaum erkennen.

»Was ist mit deiner Mutter?«

»Sie ist tot, Lorenz.«

»Wollen wir ...«

»Pssssst.«

Sie legte einen Finger auf meine Lippen.

Ihr Gesicht kam näher, aber ich konnte es immer noch nicht richtig sehen.

Sie gab mir einen warmen Kuss auf die Stirn.

»Schlaf jetzt. Lass uns morgen reden.«
Sie legte ein Bein um mich und schmiegte ihren Kopf an meine Brust.
Vielleicht irrte ich mich ja auch?
Vielleicht sah ich überall das blonde Mädchen?
Dann erinnerte ich mich wieder an Sonjas Worte, als ich ihr in ihrer Wohnung von meiner Tat erzählte.
Ich vergebe dir.
Ich spürte ihren warmen Körper an meiner Seite.
Mir fielen die Augen zu.
Bald würde ich einschlafen.
Es fühlte sich gut an.

LESEPROBE:

HÖR AUF ZU FRESSEN

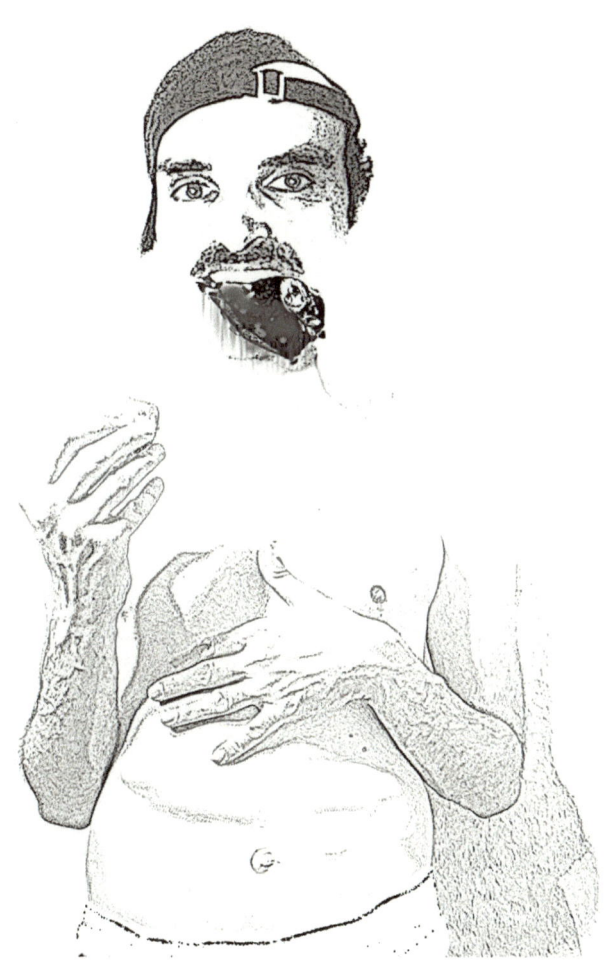

Corinna hasste diese Selbstgefälligkeit mit der Korben F. Applegate ihr ins Gesicht lächelte. Wenn er ihr überhaupt ins Gesicht sah. Der amerikanische Prediger schien ihr die ganze Zeit in den Ausschnitt zu starren. Außerdem fühlte sie sich von Bernd beobachtet, der von außen vor dem Spiegel stand.

Auf einmal war ihr Kollege damit einverstanden gewesen, diesen Prediger zu verhören. Vorher war er immer dagegen gewesen. Hatte den Mann grundsätzlich ausgeschlossen. Da seine Befragung von Lisa Freibrodt anscheinend nichts ergeben hatte, war er nun umgeschwenkt.

»Kannten Sie Frank Freibrodt gut?«, fragte Corinna den Prediger.

»Wir sind uns mal begegnet. Ist lange her.«

»Wann war das?«

Korben überlegte. »Das weiß ich gar nicht mehr so genau. Vor zwei Jahren war das wohl.«

»Wo genau war das?«

»Ich war bei einem Freund zu Besuch. Dieser Herr Freibrodt hat recherchiert für ein Buch. Er hat ziemlich pietätlose Fragen gestellt. Mein Freund hatte gerade seine Tochter beerdigen müssen.«

»Was für Fragen?«

Korben schmatzte.

»Na ja. Fragen von äußerst prekärer Natur.« Korben strich sich seinen Scheitel glatt.

»Was für Fragen?«

»Über ihre Vorlieben in sexueller Hinsicht.« Korben schmatzte wieder und starrte auf Corinnas Brüste.

Der Ermittlerin kam es so vor, als würde er jede einzelne Pore ihrer Haut unter der weißen Bluse wahrnehmen.

Sie hatte sich extra etwas freizügiger für das Verhör angezogen.

Sie wusste, worauf Korben ansprang. Sie wollte ihn provozieren.

Nun lag sein fischiger Blick auf ihr. Es arbeitete in seinem Kopf. Sie wollte gar nicht wissen, was er in seinen Gedanken mit ihr anstellte.

Sein geringschätziges Lächeln sprach jedoch Bände. Dadurch dachte sie sofort an ihren Kollegen Bernd, der sie ständig mit seinen Blicken auszog. Sie musste ein Schütteln unterdrücken. Sie dachte an Bernds schorfigen Schnauzbart. Sein ewiges Zittern in den Händen, als wäre er von irgendwas abhängig. Das ständige Kratzen. Seine stinkenden Frikadellen, die er in letzter Zeit oft zur Arbeit mitbrachte. Sie sollte ihren Kollegen im Auge behalten. Das war die inoffizielle Order von oben. Er stand unter Verdacht, Verbindungen ins rechtsextreme Milieu zu haben.

Trotzdem konnte sie sich schönere Dinge zum Beobachten vorstellen.

In letzter Zeit jedoch schien Bernd ihr gut zuzuarbeiten. Er war wacher geworden und freundlicher zu ihr gewesen. Hörte ihr mehr zu. Nahm mehr von ihr an. Vielleicht wusste er über seine Überwachung Bescheid? Oder er wollte was von ihr. Letzteres behagte Corinna noch weniger. Nun beobachtete er sie im Verhörraum. Aber wenigstens hatte er sich nicht mehr bei diesem Korben quergestellt. Lisa Freibrodt hatte schließlich ein Alibi.

Corinna fand Korben äußerst widerlich. Natürlich sollten solche Gefühle nicht Einfluss auf ihre Ermittlungen zum Verschwinden von Frank Freibrodt nehmen, aber sie hatte schon genug von diesem Prediger gehört. Er war der Anführer einer Freikirche. Seine Gemeindemitglieder waren radikal. Entweder war es sein Wahnsinn oder das Geld, was er mit seinen Anhängern machte, auf jeden Fall hatte der Mann keine guten Beweggründe. Er ging über Leichen.

»Warum hat er diese Fragen über das Mädchen gestellt?«

»Wegen des Buches, denke ich. Er hat sie für sein Buch benutzt.«, sagte Korben. »Ihre Geschichte aufgeschrieben. Nur den Nachnamen von ihr hatte er verändert. Den Rest hat er eins zu eins übernommen und noch einige schmutzige Dinge über sie reingeschrieben.«

»Es ist uns zu Ohren gekommen, dass Sie ihn mit einem Fluch belegt haben«, sagte Corinna.

»Nun ja. Es sind unschöne Worte in unserem Disput gefallen.« Korben rümpfte seine Adlernase, als hätte er einen unangenehmen Geruch eingefangen.

»Wie alt war die Tochter?«

»Achtzehn.«

»Also volljährig?«

Korben nickte und fuhr sich mit der Zunge über seine Lippen. »Aber noch nicht verheiratet.«

»Das hat Sie gestört?«

»Mich nicht. Aber Gott«, behauptete Korben.

»Sie halten daran fest, dass Sex vor der Ehe eine Todsünde ist?«

»Alles hat seine Konsequenzen. Im Guten wie im Schlechten.«

»Finden Sie auch, dass Frank Freibrodt Konsequenzen verdient hat?«

»Darüber urteilt Gott.«

»Was meinen Sie denn persönlich?«, fragte Corinna ungeduldig.

»Der Herr liebt alle, die ihn lieben«, gelobte Korben und legte eine bedeutungsvolle Pause ein. »Wer in Sünde lebt, wird auch in Sünde fallen.«

»Wie meinen Sie das?«

»Ihm muss wohl etwas Furchtbares zugestoßen sein.«

»Woher wollen Sie das denn wissen? Wissen Sie mehr als wir?«

Etwas Dunkles durchbrach Korbens Fassade. Er mochte es wohl nicht, von einer Frau so ausgespielt zu werden.

»Sie haben mich hierher bestellt oder nicht. Das hier ist doch eine Befragung. Ich bin ohne Anwalt hier.«

»Brauchen Sie einen?«, fragte Corinna und hoffte, dass Korben ausschlug. Dieser Mann konnte sich die besten Anwälte leisten.

»Wozu denn? Ich habe mir nichts zuschulden kommen lassen.«

»Nein, nicht direkt Sie. Sie haben ja auch ein Alibi. Aber viele hören in Ihrer Gemeinde auf Sie und ein paar Ihrer Anhänger haben Herrn Freibrodt bedroht.«

»Nein, das war nur eine Person. Eine gewisse Dame, die wir längst aus unserer Gemeinde entfernt haben. Sie war mit sich im Unreinen. Geistig verwirrt. Hatte ihren Bezug zu Gott verloren. Ansonsten sind wir eine friedvolle Gemeinschaft.«

»So, so. Friedvoll, sagen Sie. Haben Sie nicht auch Verbindungen ins rechtsextreme Milieu?«, rief Corinna extra laut, damit ihr Kollege es deutlich hören konnte.

»Rechtsextrem? Ich bitte Sie.«

»Sie waren auf solchen Versammlungen gewesen. Dafür gibt es Beweise.«

»Wie auch immer«, sagte Korben und lächelte dünn. »Hat das irgendwas mit Herrn Freibrodt zu tun?«

»Sie haben gegen ihn gehetzt. Über ihn vor Ihren Anhängern gesprochen. Ein paar Ihrer Gemeindemitglieder sind psychisch labil. Das haben Sie selbst gesagt.«

»Eine. Über die haben wir eben gesprochen. Wie schon gesagt, die ist raus.«

»Sie machen doch auch Konversionstherapien, wo sie Homosexuellen einreden, dass sie kranke Sünder sind.« Korben fing an, sich Schmalz aus dem Ohr zu pulen. »Sie drücken das falsch aus. Diese armen Menschen suchen bei mir Zuflucht. Sie kommen freiwillig zu mir und schreien nach Hilfe. Ich gebe diesen verirrten Schafen eine neue Chance, zum Herrn zu finden.

»Sie haben auch mit Minderjährigen gearbeitet.«

»Vor längerer Zeit. Das ist leider seit ein paar Jahren gesetzlich verboten. Das sollten Sie als Polizistin eigentlich wissen, meine Liebe.«

»Nennen Sie mich nicht so. Ich habe mich auch darüber informiert. Sie haben ganze Arbeit geleistet«, sagte Corinna sarkastisch.

»Danke«, sagte Korben und lächelte.

»Das diese sogenannten Therapien psychische Auswirkungen haben, ist allgemein belegt. Ihr Institut sticht dabei besonders hervor. Unter Ihren Schafen gab es Suizid-Tote und Menschen, die anschließend psychologisch betreut werden mussten.«

Korben zuckte mit den Achseln. »Ich kann nicht alle retten.«

»Retten? Ihre Schäfchen denken, sie sind geheilt. Aber sie sind es nicht. Wovon denn auch? Diese Menschen sind nun total verunsichert. Sie können keine Beziehungen mehr eingehen. Ihr eigenes Geschlecht dürfen sie nicht begehren. Das andere können sie nicht lieben. Sie wissen nicht mehr wohin mit sich. Müssen sich für den Rest ihres Lebens verleugnen. Das schürt Frust. Viele werden dadurch schwer depressiv. Bei manchen dieser Menschen entsteht auch Hass. Bei den meisten, die so therapiert worden sind, richtet sich der Hass jedoch gegen sich selbst. Bei Ihren sogenannten Patienten richtet er sich besonders gegen andere. Drei ihrer männlichen Schafe sind wegen Gewalt auffällig geworden. Gewalt gegen Frauen. Eines der Opfer liegt immer noch im Koma.«

Korben schnippte einen Fusel von seinem Pullunder. »Das ist bedauerlich. Aber damit habe ich nichts zu tun. Ich zeige meinen Schafen nur, wie man ein richtiger Mann wird.«

»Spielen Sie hier nicht den Unschuldigen. Bei den anderen Institutionen, die solche Therapien anbieten, waren die psychischen Auswirkungen auch schon sehr schlimm. Solche Therapien können krank machen. Auch zum Suizid führen. Doch Ihre Schafe; Herr Applegate, sind auch eine Gefahr für andere. Weil Sie diese Männer entwurzeln und dann manipulieren Sie sie. Haben Sie Ihre Schafe erst einmal vollkommen verunsichert, nutzen Sie Ihre Chance, um Ihren eigenen Hass auf diese verstörten Männer abzuleiten. Sie züchten Frauenhasser, Herr Applegate!«

Korben faltete die Hände.

»Sie erzählen Märchen. Das sind doch alles nur wilde Geschichten. Haltlose Spekulationen. Ich glaube eher, dass Sie ein Problem mit Männern haben, Frau Starke. Ich denke, dass Sie einfach frustriert sind. Eine unglückliche Seele. Haben Sie überhaupt einen Mann an Ihrer Seite?«

Corinna dachte an ihren verstorbenen Mann.

»Sie stellen mir hier keine Fragen!«

Korben nickte zufrieden.

»Dachte ich es mir doch. Sie irren einsam und verloren durch das dunkle Tal«, hauchte er und lächelte sie voller Mitleid an. »Wie bedauerlich. Nur kann ich da jetzt auch nichts für«.

Corinna lächelte zurück.

»Mögen Sie Frauen nicht?«

Korben lachte.

»Mögen Sie mich?«, hakte Corinna nach.

Korben starrte wieder in ihren Ausschnitt. »Es geht.«

Die Ermittlerin explodierte.

»Warum starren Sie die ganze Zeit auf meine Titten, Herr Applegate? Wollen Sie sie sehen? Soll ich Sie Ihnen zeigen? Aber das wäre doch eine Sünde. Sie sind doch verheiratet!«

»Eva verführt Adam, den Apfel zu nehmen«, sagte Korben. Dann lachte er wieder.

»Und Sie sind die Schlange!«, rief Corinna.

Korben lachte weiter.

»Sie vergiften die Menschen!«

Die Tür öffnete sich. Bernd stand darin. Rot angelaufen. Sein Schnauzbart zuckte.

»Corinna, es reicht!«, rief er.

Doch sie war noch nicht fertig mit dem Prediger.

»Wie viel verdienen Sie damit, Herr Applegate?«

»Ich verstehe nicht, was das mit diesem Herrn Freibrodt zu tun haben soll«, sagte Korben ruhig.

»Sie haben eine Villa, nicht wahr?«, zischte Corinna.

»Corinna, komm sofort raus! Es reicht!«, schrie Bernd und kratzte sich.

Korben lachte wieder.

Er nickte Bernd zu.

Corinna kam es so vor, als würden die beiden sich kennen.

Ich zerrte an den Fesseln. Erfolglos. Das einzige Resultat war, dass meine Handgelenke schmerzten.

Justin sah mich unverwandt an. »Per, ich will ehrlich zu dir sein. Wir haben hier unsere eigenen Regeln. Unsere eigene Gesellschaft. Nicht jeder ist damit einverstanden, was wir tun.«

»Was tut ihr denn?«, fragte ich.

»Schnauze!«, knurrte Georg. Ich wusste nicht, ob er mich oder Justin meinte.

»Kannst du dir das nicht denken, Per?«, fragte Justin irritiert. »Du warst doch eben dabei, als wir auf der Jagd waren.«

Ich stöhnte. Eben hatte ich noch gehofft, es wäre ein Albtraum gewesen.

»Per, ich sage es gerade heraus. Wir essen Menschen. Wir ernähren uns hauptsächlich von Menschen. Wir sind zu dem Schluss gekommen, dass es für uns alle das Beste ist, wenn wir uns in Zukunft selbst fressen.«

Ich seufzte. *Das Fleisch.* Mir wurde übel. Dann wurde ich wieder hungrig.

Mir wurde klar, dass ich auch schon Mensch gegessen hatte. Das kann doch nicht wahr sein, dachte ich. Aber ich war sehr schnell bereit, ihm zu glauben. Denn ich hatte mir ja schon ein Bild von dem hungrigen Justin machen dürfen.

»Das ist doch nicht ...«

»Doch, Per. Genauso ist es. Und du musst dich jetzt damit abfinden, oder wir werden auch dich essen müssen.«, sagte Justin streng. »Ich persönlich will das erst einmal nicht. Ich denke, ich würde davon durchaus profitieren, wenn ich dich verinnerliche. Das wäre mir aber zu einfach. Zu egoistisch. Es wäre auch schade. Ich möchte dich gerne in unserer Gesellschaft integrieren. Ich sehe dein Potenzial. Ich sehe dich als Gewinn für uns. Auch umgekehrt. Ich glaube, wir würden auch dir ganz guttun. Hier kannst du dich entfalten. Wie ein Schmetterling«, sagte er und flatterte mit seinen Armen.

»Denk an Lene. Sie ist auch ein Teil von uns. Du kannst mit ihr zusammen sein. Wir können gemeinsam jagen gehen. Du kannst dich erweitern. Wir können so viel voneinander lernen. Du musst dich nur an unsere Regeln halten und integrieren.«

»Das ist ein Fehler!«, rief Georg und starrte mich böse an.

»Ja, leider sehen das hier nicht alle so wie ich. Georg ist eingeschränkt in seiner Ansicht. Ihm ist jegliche Neugier abhandengekommen.«

»Du weißt selber, dass es ein Fehler ist! Er wird alles kaputtmachen!«

Georg war rot angelaufen. Ich bekam dadurch Hunger auf Würstchen. Ich merkte selber, dass sich mein Körper schon längst integriert hatte.

»Sei still!«, sagte Justin zu Georg. »Auch Sabrina will, dass wir dich verspeisen. Sie mag dich nicht. Zumindest nicht lebend. Sie wollte aus deinem Kopf Sülze machen. Ich hab sie erst einmal in die Küche geschickt. Sie kann sich beim Kochen abreagieren.«

Lisa trat vor. »Ich würde mich auch sehr freuen, wenn du dich bei uns integrieren würdest. Ich sehe dich, genau wie Justin, als Bereicherung. Du musst verstehen, dass wir hier wichtige Arbeit leisten. Für die Menschen. Für die Welt. Für das Klima. Noch mehr Naturkatastrophen werden kommen. Weitere Pandemien. Dafür sind wir Menschen alleine verantwortlich. In Massenbetrieben werden unnötig viele Tiere geschlachtet, während wir uns immer weiter vermehren und den Planeten vergiften. Sich vegan ernähren ist ja ganz nett, aber auf die Dauer auch keine Lösung. Auch die Pflanzen brauchen wir. Sie sind sehr wichtig für den Planeten. Auch sie haben Gefühle. Sie können nicht weglaufen.«

Justin nickte. »Ein Baum fängt an zu schwitzen, wenn ein Mensch mit der Kettensäge auf ihn losgeht.«

»Die meisten Menschen können sich wehren. Es ist doch nur fair, den Stärksten zu fressen. Da wir sowieso viel zu viele sind«, sagte Lisa.

»Und das Kind eben? Konnte sich das Kind denn wehren?«, fragte ich bissig.

»Das Kind ist entkommen. Es hat dein Gesicht gesehen. Das ist nicht gut. Da müssen wir eine Lösung finden. Wir müssen es suchen«, sagte Justin etwas besorgt.

»Grundsätzlich essen wir keine Kinder«, ergänzte Lisa.

»Aber er kommt bestimmt nach seinem Vater oder seiner Mutter. Diese Sozialhilfeempfänger bekommen oft viel Nachwuchs. Wie gesagt, wir sind zu viele. Ansonsten sind Kinder natürlich für uns tabu.«

Mir blieb die Spucke weg. Ich hatte noch nie so etwas Menschenverachtendes gehört.

»Ah, wie nobel von euch! Also ihr entscheidet, wer gefressen wird? Wie heroisch! Wenn ihr euch so selbstlos für das Klima einsetzen wollt, warum fresst ihr euch dann nicht selbst?«, fragte ich zynisch.

Das Bild gefiel meinem Magen. Er knurrte.

Ich war zunehmend verstört von mir selbst.

»Wir haben ein Recht darauf, das zu bestimmen. Wir hatten die Idee. Wir sind die Urheber. Es ist unser Konzept. Lass uns gemeinsam der Welt einen Dienst erweisen«, sagte Justin.

Mein Verstand fand das alles ziemlich geschmacklos. Mein Körper schrie nach Fleisch. Ich hatte einen brummenden Schädel. Der Drang nach Menschenfleisch zersetzte mich wie eine Sucht. Obwohl ich Dutzende Argumente gegen diese sogenannte Gemeinschaft hatte, war ich schon längst in ihr gefangen.

»Du wirst sehen, aus jedem Menschen, den du frisst, wirst du Anteile mitnehmen. Stärken. Du wirst dir Wissen aneignen. Neue Fertigkeiten«, sagte Justin mit leuchtenden Augen. »Ich war ein so schlechter Schauspieler. Ich habe nur nachgedacht. Wollte allen gefallen. War ein Narzisst der übelsten Sorte.«

Ich dachte, dass sich daran nicht so viel geändert hatte, aber ich verkniff mir den Kommentar. Noch eine Schelle musste ich nicht kassieren.

»Früher habe ich mir für jede Rolle den Arsch aufgerissen. Ein Talent war ich nie. Ich habe Biografien geschrieben, den Gang geübt, recherchiert und gelernt. Das meiste hatte mir letztendlich der Regisseur angesagt. Natürlich hatte ich auch meine Momente, aber das hier ist der absolute Wahnsinn!«

Mit Letztem musste ich Justin recht geben.

»Nun bin ich in der Lage, meine Rollen bis zur absoluten Selbstaufgabe zu verinnerlichen. Bis zur endgültigen Perfektion. Du hast gesehen, was ich für eine geile Nummer mit Enrico abgezogen habe. Hat dich überzeugt, oder?«, fragte er mich mit großen Augen.

Ich sagte nichts.

Jetzt wurde Justin böse.

»Oder?«, fragte er nachdrücklich mit einem tödlichen Unterton.

Ich sah mich schon als Sülze enden und nickte eifrig.

»Eine beeindruckende Darstellung«, stammelte ich.

»Was ist mit mir?«, fragte Lisa scharf.

»Ja ... äh ... absolut fantastisch.«.

Damit gaben sich beide zufrieden. Georg fragte nicht nach. Er sah mich nicht mal an. Er schien, auf meine Expertenmeinung nicht so viel Wert zu legen.

Über den Autor

Matthias Krause wurde 1987 in Cuxhaven geboren.
Schon seit seiner Kindheit erzählt er in jeglicher Form selbst
ausgedachte Geschichten.
Auch nach seiner Schauspielausbildung und während einiger
Engagements an Theatern und im Fernsehen war er dem Schrei-
ben treu geblieben.
Nach einigen Kurzgeschichten erschien im Mai 2021 sein De-
bütroman HÖR AUF ZU BRENNEN als E-Book.
Juni 2021 folgte sein zweites E-Book HÖR AUF ZU FRESSEN.
Beide Bücher erschienen wenig später auch als Taschenbuch.
Matthias Krause konzentriert sich in seinen Romanen auf die
Antihelden und ihr Verhalten in überspitzten Situationen.
Es geht in HÖR AUF ZU RÖCHELN auch um aktuelle Themen
wie die Auswirkungen von psychischer und körperlicher Gewalt
und Fanatismus (z.B. Religion, Nationalismus).
Dennoch ist dieses Buch kein Tatsachen-Roman, sondern ein
überspitzter Psychothriller mit Horrorelementen und satiri-
schen Untertönen.
Einige Figuren kommen in allen drei Geschichten vor.
Alle drei Bücher können auch unabhängig voneinander gelesen
werden.
Aktuell lebt Matthias in Berlin.